'मेरी अनुभूति माला'

मेरी अनुभूति माला

पूर्ण मल सैनी

Kalamos Literary Services LLP

Kalamos Literary Services LLP
Email: info@kalamos.co.in | editorial@kalamos.co.in
Published in 2019
by
Kalamos Literary Services
ISBN- 978-93-87780-24-8

Copyright © Puran Mal Saini 2019

Covver Designed and Typeset in Kalamos Literary Services LLP

आमुख

'मेरी अनुभूति माला' कविताओं का एक संकलन रचनाकार की एक सामाजिक चेतना व अनूठे एहसास की घोतक है। प्रथम प्रयास प्रशंसनीय है। प्रत्येक रचना में हल्के हास्य पुठ के साथ सरल शब्दों में एक संदेश देने का प्रयत्न है। रचना की विषय वस्तु कहीं काल्पनिक भी है तो कहीं मानवीय सोच व व्यवहार की परिचायक है। कहीं-कहीं आधुनिक जीवन शैली पर चिंता की प्रस्तुति है। दूसरी ओर हिंदी भाषा के कठिन शब्दों के स्थान पर आम बोलचाल में प्रयुक्त होने वाले शब्दों का प्रयोग इसे और रुचिकर बनाता है आगे बढ़ने को प्रेरित करता है। कविताएं गेय है। पाठकों के स्वस्थ मनोरंजन व चिंतन मनन हेतु रचनाओं में अच्छा प्रयास है आज समाज में संवाद हीनता व असंवेदनशीलता से मनुष्य अकेला रह गया है परंतु इससे समाज को कोई फर्क नहीं पड़ता। उदाहरणार्थ 'सूखी फुलवारी' बदलते रिश्ते पर व्याकुलता को दर्शाती है। जबकि 'समय से कदमताल' मनुष्य की बुद्धिमता पर कटाक्ष है। जहां 'धुंधली यादें' मां के माध्यम से हमें रिश्तो के प्रति जागृत करती है दूसरी ओर 'आओ लौट चलें' हमें अनायास ही बचपन की यादों के साथ साथ साधारण जीवन के आनंद व आपसी लगाव से प्रेरित करती हैं। 'यह लोकतंत्र है' अपने आप में मनोरंजक आज की व्यवस्था पर शुद्ध व्यंग्य है। 'युग बदल रहा है' कविता गिरते हुए नैतिक मूल्यों मान्यताओं की और सोचने को मजबूर करती है।

रचयिता की अन्य रचनाएं भी रुचिकर होने के साथ-साथ सरल शब्दों में नया संदेश देती है। मुझे आशा ही नहीं अपितु विश्वास है कि यह लिखने का क्रम निरंतर बना रहेगा जो हमें आसपास में हो रहे परिवर्तन से अवगत कराता रहे तथा एक अच्छे सभ्य समाज को कुछ देने में हम सहयोगी रहे तद् हेतु बधाई।

वी.एन सिन्हा
पूर्व न्यायाधीश
पटना उच्च न्यायालय
18.07.2019

अनुक्रमणिका

आत्मचिंतन

काल कर्म और नियति से तू बंधा हुआ है

फिर भी मन अहंकार से लबालब भरा हुआ है।

पश्चाताप के अश्रु से मिलेगी समता

परिणामों के भय से घटेगी ममता।

कर्तव्यों का निर्वहन तेरी चतुराई

भर डालो जल्दी से जो खोदी खाई।

फाड़ डालो पत्रों को जिनकी जरूरत नहीं है

उखाड़ डालो पत्थरों को जो समाज की सूरत नहीं है

पहनों नए परिधान स्वरूप दिखाओ

अंग प्रदर्शन त्याग निजरूप दिखाओ

क्या पाया क्या खोया प्रश्न बीत गया है

हर क्षण का उपयोग करो जो मिला नया है।

सम्यक भाव सुझाव शक्ति का संगम होगा

बदल जाएगी तस्वीर द्वेष भाव का भंजन होगा।

मनुष्य हो तुम अनाड़ी बालक नहीं

मानवता दिखाओ, क्योंकि तुम मालिक नहीं।

आत्मचिंतन से मिटेगा गहन अन्धेरा

प्रकृति की गोद में हर दिन नया सवेरा।

मूक साक्षी

मैं मूक बना सब देख रहा,

जो रूप मेरा अब देख रहे ना जानो कितना जुल्म सहा।

गिरते पत्तों से मत पूछो, क्यों लगता सब कुछ नया नया

बिछड़ों का द्वन्द्व सहा मैंने, क्या किसी को दोष दिया मैंने

निर्जन वन में मैं एकाकी, थाती को पकड़े रहा खड़ा

मैं मूक बना सब देख रहा, ना जानो कितना जुल्म सहा।

कोमल मन से छोटे तन से देखी थी मैंने लाचारी

इस लम्बे काल बवंडर में भूत बनी थी अंधियारी

मैं मूक साक्षी बना रहा ना उगली व्यथा कथा भारी

पा देवयोग से पगडंडी, रुकता चलता मैं चला गया।

मैं मूक बना सब देख रहा ना जानो कितना जुल्म सहा।

सूरज की ढलती किरणों से कुछ तपन घटा कुछ तिमिर हटा

अपनों से रन्ज जो मिले मुझे, मैं डरता डरता कह ना सका

व्यापक जग की उलझी बातें मेरे अन्तर्मन को भेद गई

अब देश नया प्रदेश नया, जानो स्वयं का स्वरूप नया

मैं मूक बना सब देख रहा, ना जानो कितना जुल्म सहा।

नया संसार

तितली के पंख के अति सुन्दर

पर इतना क्यों इठलाती है,

यह आकर्षण है अन्त भला

वह इतना जान ना पाती है।

प्रकृति का खेल निराला है

कोई गोरा है कोई काला है

कहीं लुन्ज पुन्ज से पेड़ खड़े, कहीं देखो मीठे बेर बड़े।

चाहे घोर घटा बादल बरसे

पत्ते को कैर सदा तरसे ।

अपवाद भरी इस दुनिया में, यहां भेदभाव का रोना है।

यह उसका खेल खिलौना है।

मैं अनगढ़ रूप, फिर वह क्यों श्याम सलौना है।

जितना चाहो उड़ लो प्यारे ना नभ की सीमा बान्धी है

टिटिहरी कोसे माली को, क्यों प्रतिबन्धित हर डाली है।

कहीं जल की अविरल धारा है

कहीं मिलता नहीं किनारा है।

कहीं एक बूंद नहीं पीने को

कहीं सांस नहीं है जीने को

अब देखो सृजन हार जरा कुछ सुनलो नया विचार जरा

यहां जीव जीव का बैरी है, अब रच दो नया संसार जरा

जहां संपदन हो, नां क्रन्दन हो, जहां मिलता रहे दुलार जरा।

वो ऐसा हो संसार नया

प्रभु रच दो वह संसार नया।

धुन्धली यादें

मेरी आंख में कितने आंसू हैं,

फुरसत हो तो मैं बतलाऊं

तुम भूल गए मुझे याद रहा,

शायद अपना परिचय मैं दे पाऊं।

पहली सूरत देखी तेरी, मुड़मुड़कर मोद मनाया था

उस ऊपर वाले मालिक का अव्यक्त आभार जताया था

दुनिया के बड़े झमेले में भीड़ भरे इस मेले में

आवाज नहीं कोई सुनता है, नाम तेरा क्या ले पाऊं।

तुम भूल गए मुझे याद रहा,

शायद अपना परिचय मैं दे पाऊं।

शुक्ल पक्ष के चन्दा सा अस्तित्व तुम्हारा मेरी छाया,

क्या बिना मेरे सहारे के विशाल तरू तू बन पाया।

मैं रूंड मुंड सा पेड़ बनी क्या फिर से बरगद बन पाऊं?

तुम भूल गए मुझे याद रहा,

शायद अपना परिचय मैं दे पाऊं।

हर माँ की यही कहानी है धुन्धली यादें परेशानी है।

जो बीत गया सो बीत गया कहना सुनना बेमानी है,

गिनती के अटके सांसों में अब नया गीत क्या मैं गाऊं।

तुम भूल गए मुझे याद रहा

शायद अपना परिचय मैं दे पाऊं।

तुम चूक गए, मैं दूर गई, यदि समय मिले इतना करना,

झोपड़ पट्टी की चौखट पर तुम जोर से आकर चिल्लाना

मैं आया मां तुम्हें लेने को, क्या हरिद्वार लेकर जाऊं।

तुम भूल गए मुझे याद रहा

शायद अपना परिचय मैं दे पाऊं।

आज समाज के अंग

हम सड़क पर बैठे झोला छाप, सब के बाप

बड़े बड़े असाध्य रोगों का शर्तिया इलाज करते हैं।

बिना परिश्रम के चौपाल में खासकर

फ्री की मूंगफली और पान का जुगाड़ करते हैं

चिन्ता की कोई बात नहीं

कोई भी गर साथ नहीं

फिर भी अपनी अप्रमाणित दलीलों से अपने साथ साथ,

दूसरे लोकों का भी उद्धार करते हैं।

बात बात पर जूतम पैजार करते हैं।

अब इनसे मिलिए, गेरूवे वस्त्र बड़े आश्वस्त, लम्बी दाढ़ी, सुन्दर गाड़ी

सरकारी जमीन पर अन्धभक्तों के प्रसाद से

प्रासाद बनाकर धर्म की ढुकान चलाते हैं

शीघ्र ही ये स्वयंभू सन्त महाकाल के प्रसाद से

अपने कुकर्मों के जाल से कारागार में पहचान छुपाते हैं

फिल्मी गीतों के ज्ञान से चुराई तान से

धर्म की कथा सुनाते हैं

भाव विभोर अबला सबला बूढ़े, बच्चे

इन पर गाढ़ी कमाई खूब लुटाते हैं।

कुछ तथाकथित बुद्धिजीवी अनुसंधान के नाम पर

रियायती रोटियों पर राजनैतिक गोटियों पर

पूरा जीवन छात्र बनकर अपना ज्ञान बांटते हैं

दूरद्राज से आए निर्धन छात्रों के आदर्श बनकर

अपने ही देश को धर्म जाति और भाषा पर बांटते हैं

मैं हूं प्रवासी पंछी, जो अनुकूल सुहावना एवं समृद्ध पोखर ढूँढ़ता हूं

पांच वर्ष में आज्ञाकारी, मेहनती औलाद ढूँढ़ता हूं

प्रेम, भाईचारा और भविष्य की नकली जागीर बांठ समाज से जुड़

जाता हूं

और दाव लगते ही तन मन धन लूठ

प्रतिकूल पोखर से अनुकूल पोखर पर उड़ जाता हूं।

हम हैं महामानव की जात, तुम्हारी क्या बिसात

हमारी सुनिए, पश्चाताप से सिर धुनिए।

भ्रमित सोच

ये काले कलूटे बादल बिजली मुझे डराते हैं
नहीं, पारस्परिक समन्वय से मीठा जल बरसाते हैं
मिलकर जीना सिखाते हैं,

नई आशा विश्वास जगाते हैं

यह ऊबड़ खाबड़ रास्ते मुझे भटकाते हैं

अरे नहीं, बदलते परिवेश में नया विकल्प सुझाते हैं

जड़ता के शिकार वृक्ष क्या मुझे सिखाएंगें

मैं हूं अनुपम कृति क्या मुझे सुझाएंगें?

ये है जीवन आधार है इनके बिन अधूरी सृष्टि

तज संकीर्ण सोच विशद कर लो तुम दृष्टि

रे नादान अंजान तुझे झूठा गरूर रहता है

तभी तो खुद के कुरेदे जख्म से रुधिर बहता है।

ये चमेली गुड़हल के फूल तुझे बुला रहे हैं

मनोरम महकता जीवन जीना सिखा रहे हैं

भ्रमित लोग सच को भ्रम मानते हैं

तभी तो स्वयं को नहीं दूसरों को ज्यादा जानते हैं।

आशा और निराशा

संबंधों के बोझ को ढोते टूट गया हूं

अपने बुने ही मकड़जाल में डूब गया हूं

अपनों की मारी चोट बड़ी दुखदायी

लोकलाज के भय से मैंने सदा छुपाई

मोहग्रस्त पस्त लोभ के मारे खीज रहा हूं

फिर से फलेगी खेती क्योंकि बीज नया हूं

अपनों की खातिर गैरों को नहीं अपनाया

अपनों में अपने ढूंढे कोई काम ना आया

आशा और निराशा के दाने पीस रहा हूं

असफलता में मिले सफलता यह सीख रहा हूं

क्या आएगा क्या जाएगा व्यापार चलाया

रुग्ण मानसिकता के कारण मूल गंवाया

गरिमा व परिपक्वता का पाठ खूब पढ़ाया

टूटा क्यों विश्वास आज भी समझ न पाया

संबंधों की बेल बड़ी कोमल है

फूल मिले या धूल स्थिति बड़ी विकल है

अंकुर ले स्वरूप लता को सींच रहा हूं

अनमने मन से बोझिल गाड़ी को खींच रहा हूं।

मन का अंधेरा

रोने से मिटेगा ना गम का डेरा

स्वयं को संभालो औरों को संभालो

फिर से होगा नया सवेरा

रोने से मिटेगा ना गम का डेरा

नहीं है कोई अपना पराया

हर जीव है मेरी मां का जाया

दिन दिन बढ़ेगा प्रेम घनेरा

रोने से मिटेगा ना गम का डेरा

आशा का दीपक मन से जलाओ

निराशा व संशय दिल से भगाओ

जल्दी मिटेगा तमस का यह डेरा

रोने से मिटेगा ना गम का डेरा

मन की उमंगे रख लो छुपाकर

दर्द के गीत गाओ जरा गुनगुनाकर

यत्न से मिटेगा यह मन का अंधेरा

रोने से मिटेगा ना गम का डेरा।

मैं हूं आधुनिक

आधुनिकता की होड़ में अन्धी दौड़ में
नैतिक मूल्य कोई आधार नहीं।
रंग बदलती दुनियां में किसी को किसी पर ऐतबार नहीं है
निर्मलता सज्जनता कोने में सुबक रही है
निर्लज्जता हिंसा की ज्वाला धधक रही है।
सारा संसार मेरी मुट्ठी में फिर भी किसी से सरोकार नहीं है,
मैं हूं, यह मेरा है लेकिन मेरा कोई परिवार नहीं है।
बालक बना जवान, वृद्धों के हाथ में जाम मेरी पहचान है,
अमर्यादित शाम, नहीं ईमान यह आधुनिक इंसान है।
अपने सुख सुविधा में विघ्न स्वीकार नहीं है,
हमसाया तू दूर भाई से प्यार नहीं है।
जीर्णशीर्ण अधूरे परिधान, चमकती कार
मोबाइल और शेयर बाजार क्या ये नए उद्धार नहीं हैं।

खुली चिट्ठी

सूरज को कह ढो, किरणों को रोक ले

उष्णता को सोख ले

क्योंकि हम महामानवों ने

चुभती रोशनी विषैली हवा-पानी का प्रबन्ध कर लिया है।

बड़ी बड़ी गाड़ियों व गन्दी नालियों से

जलने मरने का गठबन्धन कर लिया है।

हो सके तो दुधमुंहे बच्चों खातिर

कोमल परिधान नहीं, मिष्ठान नहीं,

मुंह ढांपने को, सस्ते नकाब भेज देना।

बदले में राजकीय प्रमाण पत्र सहेज लेना।

तेरे चन्दू मामा से कहना

बड़ी बहन और छोटे भाई का अब मेल नहीं है

मंगल से रिश्तों के बाद तेरी किरणों का मोल नहीं है

हां उबलते पर्यावरण में सब कुछ रंगहीन हो गया है

इससे जरूर, कुछ वैज्ञानिकों का दिल गमगीन हो गया है

उपाय है, हम प्रगतिशील प्राणी, शयन कक्ष में मनीप्लांट लगाएंगें

डिब्बाबंद भोजन से, शरीर हृष्ट पुष्ट बनाएंगें।
साथ ही अगली नस्लों को असाध्य रोगों से बचाएंगें।
मां तू चिन्ता मत कर – मत रो, चिट्ठी मत लिख।
उपग्रहों से आना जाना, आदान प्रदान आसान हो गया है
शीघ्र ही किसी अन्य ग्रह पर नई बस्ती बसाएंगें

यह सब जल्दी ही करने का इरादा है
नकाब के साथ साथ समाज को बांटना भी ज्यादा है
लोकतंत्र के पूरे विधि विधान से
अपने प्रिय नेताओं के ज्ञान से बन्दर बांट मचाना है
और बड़ी जिम्मेदारी के साथ मंगल ग्रह के वासियों से
अपना परिवार बचाना है और सुन
बाकि क्या लिखूं तुम खुद समझदार हो प्रत्युत्तर जल्दी देना,
क्योंकि तुम खुद्दार हो।

अधूरा प्रयास

अपनों के बिछाए जाल को समेट रहा हूं,

तिनके-तिनके गिनके झुरमुटों को समेट रहा हूं।

वो कहते हैं मुझसे कि जाल क्यों फैलाया,

यदि फैल गया तो विकल्प क्यों नहीं बनाया।

कांटों में मुरझाए फूल और ठूंठ को देख रहा हूं

अपनों के दिए नए जख्म सेंक रहा हूं।

सावन में नई पौध लगाएंगें।

तब तक वीराने जंगल से कार्य चलाएंगें।

प्रयास से आशा का दीपक जलाएंगें

तिमिर के धुन्ध में थोड़ी रोशनी पाएंगें।

इधर तो शुक्र है बड़ा उजाला है,

फिर इतना अन्तर फासला किसने डाला है?

चिरकाल से बोया विषैला बीज वृक्ष बन गया है

थोड़ी मेहनत अधूरे प्रयास से थोड़ा सज गया है।

फूल कांटो से अलग है

चुभे कांटो के जख्म भरने होंगें

दुखी तो सारा जग है

अपनों के सितम सहने होंगें।

परिवर्तन

अब कुछ बदल गया है लगता नया-नया है,

दिल का दिल से विश्वास उठ गया है।

पिता पुत्र का भरोसा था,

अब पिता पर संशय हो गया है।

मां सन्तान हेतु अपना सब छोड़ देती थी,

अब उधार अनुनय विनय पर देती है।

पुत्र-पिता को आदर देता था,

अब शिष्टाचार परोसता है।

बहन भाई का अटूट प्यार थी,

अब रिश्तों का व्यापार करती है।

भाई बहन का स्वाभिमान था,

अब बहन भाई के यहां तिरस्कार पाती है।

मित्र मित्र का यार होता था,

अब अनुकूल समय का उपहार होता है।

भाई भाई की बांई भुजा थी,

अब परिवर्तन से अलग दीवार होती है।

मत पड़ो इस गुण दोष के हिसाब में,

दुनियां सारी अपनी सुविधा से गुलजार होती है।

वक्त ने करवट ली है थोड़ा पहचानों,

ना तुम किसी के ना तुम्हारा कोई यह जानो।

तुम्हारी तुम जानो

राज इच्छा से उपजे देश बने प्रदेश

उनमें स्वार्थमय संदेश

अपना हित साध रहे हैं

कभी सोचा? धरती को बांट रहे हैं।

मैं हूं एक चिड़िया

इस्माइल या दीनू का खेत

गंगा तट हो या बालू रेत

सिंह के रौपे वृक्ष

जोसफ के सुन्दर कक्ष पर बैठ

आवाज नहीं बदलती, तुम्हारी तरह नहीं मचलती।

और तुम हो कि

मानवीय धर्म भूल मौसम और सुविधा के अनुकूल

साज और आवाज बदलते हो

छद्मवेश में हर पल जीते और मरते हो

परन्तु तुम्हारी फितरत नहीं बदलती।

मैं पंखों के संग लेकर नई उमंग

प्रकृति का श्रृंगार बढ़ाती हूं।

अपयश से कतराती हूं,

ऊंची हस्ती-सभ्य समाज के रखवालों, तुम्हारी तुम जानो

तुम्हारे बनावटी भूगोल से मेरी सीमा नहीं बदलती।

मलबा किसका है

आलस में लिठा पड़ा कुछ सोच रहा हूं,

मानव की उन्नति के सपने देख रहा हूं।

बारूद के ढेर पर बैठा मानव अनन्त व्योम को माप रहा है,

मानव में बैठा दानव एक दूसरे की शक्ति को भांप रहा है।

अनहोनी का दृश्य देख निरीह प्राणी भय से कांप रहा है।

मैंने देखा, दुर्जन, दुष्ट दानव के सम्मुख मानव बेबस, लाचार,

क्या निमिष मात्र में मिठ जाएगा यह सुन्दर संसार?

ना कोई होगा रोने वाला ना कोई चीत्कार,

होगी अंगार बरसती ज्वाला और राख अम्बार।

ढूंढ़े से भी नहीं मिलेगा मलबे का मालिक,

कई युगों के बाद भी होगी मुंह पर कालिख।

बहुत सो लिए उठ जाओ अब लेकर नए विचार,

अतीत कर्मों से पहले ही है मानवता शर्मसार।

पुराना घरौन्दा

अरमानों की जला दी होली

बदनामी से भर दी झोली

वाह, बेटे क्या नाम कमाया

गैरजात की बिना बताए

मनमर्जी की बहू ले आया।

मां, बिना दहेज के शादी कर,

समाज को नई राह दिखाई

जातपात की दीवार गिराई

प्रीतिभोज पर ना खर्ची पाई।

जैसे तैसे चला गृहस्थी का बोझ उठाने,

बात बात पर मिलने लगे ताने पर ताने

गालियों से होने लगी आरती,

सास बहू एक दूसरे को मारती

सुयोग से विदेश बुलावा आया

दोनों को शान्ति का पूरा पाठ पढ़ाया

शीघ्र ही आने का विश्वास दिलाया

धन सम्पत्ति का मोह छोड़ नहीं पाया।

एक दिन ऐसा हुआ बहू ने बैसा लिया संसार,

दूर का आया इक रिश्तेदार

मां ने उसके सम्मुख उड़ेला अपने दुखों का भण्डार।

पुत्र तो भूल गया है।

ओह, वृद्ध आश्रम में एक सीट खाली है

एक तारीख से फीस भी बढ़ने वाली है

ना था कोई रोकने वाला या रोकने वाली

भले ही परसों थी दीवाली।

नया परिंदा देख थकी आंखों से

अन्य मन्द मन्द मुस्कुरा रहे थे

बीती यादों के जख्म पर भूल का मरहम लगा रहे थे।

इस आशा के साथ शायद

कोई अपना आएगा, सूरत दिखवाएगा

बेबाकी कि पत्र लेकर तुरन्त पुराने घरौन्दे में ले जाएगा।

लेकिन अफसोस कोई नहीं आया,

अनजाने साथियों ने अंतिम फर्ज निभाया।

यह लोकतंत्र है

श्रृगाल ने शेर से कहा

शेर जी, राजतन्त्र से लोकतन्त्र आ गया है

जो तुमने रहने को मान्द बनाई

जिसकी हमने की सफाई

उसमें हमारा आधा अधिकार हो गया है।

यह बात सुन शेर को चक्कर आया

अपने को संभाल शेरनी को वृत्तांत सुनाया।

चिन्ता की है बात

खैर जो होगा देखा जाएगा,

आगे क्या होगा?

यह तो समय बताएगा।

जैसे तैसे रात बिताई

गहरी नींद ना आई,

वक्त ने ली अंगड़ाई

नई प्रक्रिया कुछ समझ ना आई।

अगले दिन बन्दर आया,

शेरनी का पकड़ा हाथ, बहुत धमकाया,

यह सब कुछ देख,

शेर को बड़ा गुस्सा आया।

अरे मरकट, तेरी यह हिम्मत

तुझे मैं अभी बताता हूं

महिला से दुर्व्यवहार की कड़ी सजा दिलाता हूं।

अब जंगलराज नहीं है

व्यवस्था विधि विधान से चलती है,

कानून से हाथ बंधे हैं मेरे,

यह बात बड़ी अखरती है।

आगे बन्दर पीछे शेर जी दौड़ रहे थे,

आलस्य में पड़े शरीर से पिछड़ रहे थे।

दौड़ रहे बन्दर को एक अखबार तभी दिया दिखाई

झटपट मुंह ढांप स्थित प्रज्ञ की भांति तुरन्त समाधि लगाई।

तद्उपरान्त शेर ने आकर पूछा

हे कपिराज क्या तुमने एक बन्दर देखा?

बन्दर ने 'ना' में सिर हिलाया।

हां आज के अखबार में बन्दर का चित्र छपा है,

जिसमें लिखा है 'बन्दर का शेरनी से दुर्व्यवहार

बदलती व्यवस्था में शेर लाचार'।

यह सुन शेर बड़ा लज्जाया

हाय री किस्मत कैसा वक्त दिखाया।

जल्दी न्याय के लिए अदालत में दरखास्त लगाई,

मतभेद के कारण न्यायाधीश का पद खाली है

रिक्त पद भरने पर जल्दी होगी सुनवाई।

यह सब करके चिंताग्रस्त शेर जी आ रहे थे,

शेरनी को बुरे स्वप्न आ रहे थे।

इसी बीच शेर ने देखा चूहा और भैंस आगे जा रहे थे,

चूहा पूछ रहा था, बुआ क्यों भाग रहीं हो?

भैंस ने कहा - हाथी ने शेरनी को छेड़ा है।

चूहे ने कहा फिर तुम्हारा इसमें क्या बखेड़ा है।

भैंस फिर रोते रोते बोलीं, पुलिस वाले हाथी की जगह

मुझे पकड़ ले जाएंगे।

मैं साबित करती मर जाऊंगी कि मैं हाथी नहीं भैंस हूं,

मेरा नहीं है कोई लेना देना, मैं निर्दोष हूं।

पुलिस बड़ी चतुराई से अपराध की मुख्य धारा हटा देगी.

एक रंग रूप व स्वास्थ्य के कारण षड्यंत्र में फंसा देगी।

यह सब आँखों से देख कानों से सुन शेर बहुत शरमाया

फिर वापिस लौट लोकतंत्र को बुरा बताया

इससे तो जंगलराज अच्छा था मेरा बनाया।

तुमने क्या कभी सोचा है ?

क्यों आए इस दुनिया में तुमने क्या कभी सोचा है

क्या लेकर आए जायेंगे जन्म जन्म का लेखा है

भूखा बचपन मजबूर जवानी

बूढ़ी आंखों से रिश्ता पानी

कदम कदम पर धोखा है

तुमने क्या कभी सोचा है?

बड़े वृक्ष की छाया में,

मठमैली सी काया में

नन्हा प्राणी सोता है

तुमने क्या कभी सोचा है?

खुद की खड़ी दीवारों में,

पायल की झंकारों में,

हर घुंघरू क्यों रोता है

तुमने क्या कभी सोचा है?

धन वैभव और महल अटारी

जब आएगी तेरी बारी

छूटे सभी विशेष धरा पर सोना है,

तुमने क्या कभी सोचा है?

सत्कर्मों की कर ले कमाई

हर दिन घटता पाई पाई

इसमें मीन ना मेख काल का सौदा है

तुमने क्या कभी सोचा है?

25

अभी मैं व्यस्त हूं

समाज सुधार सभा में कभी तो आया करो,

देश दुनियां के बिगड़े हालात पर सलाह दे जाया करो।

क्या करूं बोर्डिंग से समाचार आया है,

जिम्मी को बड़ा जुकाम बताया है,

वैसे तो प्रसिद्ध संस्थान में उपचार चल रहा है

ज्यों ज्यों दवा की मर्ज बढ़ रहा है।

उसने कहा चिन्ता की बात है जल्दी जाना होगा,

वर्ना पड़ोस में बदनामी और उसकी मम्मा का उल्हाना होगा।

अगली बैठक में जरूर आना निम्नलिखित मुद्दों पर होगा विचार:-

'बीमार माली की पगार' गमलों का विस्तार

आवारा कुत्तों में तालमेल

नए वर्ष के दिन काकटेल

वित्तीय गड़बड़ी पर मिट्टी डालना

बूढ़ों के लिए झूले और बच्चों का पालना।

मैं कमबख्त इतने महत्त्वपूर्ण मुद्दों के अवसर गंवा रहा हूं

गैर जिम्मेदारी से कैर के पत्ते और पीपल के फूल सजा रहा हूं।

नीम की छांव में दूर अपने गांव में,

अभागे नशेड़ी के विवाह पर चिन्तन चल रहा है

ममेरी बुआ की सलाह पर निर्धन की बेटी का मुहुर्त निकल रहा है।

सुधर जाएगा दो चार बच्चे होने पर

यह अकेला क्या? सारा संसार बिगड़ रहा है।

रंग बिरंगे कप में ढकोसले के साथ

चाय की चुस्की ले रहा हूं।

बढ़रंगे के हक में हौसले के साथ

समाज की जबरदस्ती देख रहा हूं।

एक अनार सौ बीमार की उक्ति गा रहा हूं.

एक कहार सौ डोली का भार उठा रहा हूं

अभी मैं व्यस्त हूं समाज को दिशा दिखाने में

आत्मग्लानि से पस्त हूं स्वयं को समझाने में।

अटूट सम्बन्ध

जन्म जन्मान्तर के सम्बन्ध टूट क्यो जाते हैं,

शुभ मुहूर्त लग्नानुसार पकड़े हाथ छूट क्यों जाते हैं?

कुछ तो है बात जो पलभर में हो जाता है सन्निपात

कुछ नहीं, यह है उनका व्यवहार, व्यापार और स्वार्थ।

देखते नहीं समय बदल गया है,

नहीं, अहम अबल से सबल बन गया है।

क्या सूर्य पश्चिम से निकल रहा है?

क्या चन्द्रमा आग उगल रहा है?

धरती ने सहना छोड़ दिया है?

नदियों ने बहना छोड़ दिया है?

प्रकृति नियमों से चल रही है,

दुनियां मूल्यों से कट रही है।

किनारे साथ साथ पर मिलते नहीं

फूल तो आसपास है पर खिलते नहीं।

आदमी आदमी से क्यों करता है तकरार

खासकर अपनों से नफरत और कुत्तों से प्यार।

सहारे दिखते हैं मिलते नहीं

आपदा विपदा में, मंजिल है एक लेकिन रास्ते जुदा जुदा।

खुशनसीब हैं वो जो मिलकर बिछुड़ जाते हैं

गाहे बगाहे कभी तो भूले भी याद आते हैं,

उनका क्या करें जो पास रहते भी हैं दूरदराज

ना बिछुड़ने का गम, ना मिलने की आस

कहते हैं अटूट संबंध पर है धूमकेतु

महज जलता प्रकाश, ना संबंधों की नर्मी ना सेतु।

पूर्ण परिवर्तन या सुधार

तुम खोजो ऐसा यन्त्र मन्त्र या तन्त्र

जो एक सी सूरत व रंग भर दे

अलग अलग चलने की सोच कम कर दे

पूरा परिवर्तन नहीं सुधार लाओ।

कुछ परखे हुए मूल्यों को नहीं भुलाओ।

मैंने तो एक सा बीज खाद व पानी डाला

समदृष्टि एकाग्रता से खूब संभाला

खुरपी कैंची को खूब चलाया

अन्त में पुष्पविहीन ठूंठ ही पाया

अभी समय है खरपतवार को काठ ही डालो

अपनों से पहले शंकालु पड़ोस संभालो।

यह पौध बनेगी वृक्ष कुछ समय पाकर

बदल सोच तब मिल बैठेंगे इठलाकर।

बाहर से आया अन्धड़ कुछ तंग करेगा

प्रभावित अन्तर्मन शांति भंग करेगा

हो जाएगा शान्त कुछ वक्त लगेगा

गिरकर फिर उठ जाएगा सशक्त बनेगा

रंग बिरंगी पंखुड़ियों से सुमन खिलेगा

विशद और विशुद्ध सोच से जग बदलेगा।

कड़वी सच्चाई

प्रयास से उन्नति पथ पर रथ चला,

उपहास से प्रेरित मेल मिलाप से बढ़ा चला।

दृढ़ संकल्प सद्भावना का मेल था,

हारजीत से परे नया नया खेल था।

प्रसन्न मन से सहयात्री जा रहे थे,

अतीत की भूलों के भय से सहमें से गा रहे थे।

अनेकता में एकता का नारा बुलन्द था,

भेदभाव या ऊंचनीच पर प्रतिबंध था।

अकस्मात पथ प्रदर्शक महत्त्वकांक्षी आया,

आपसी फूट द्वेष व ईर्ष्या का बीज बोया।

धर्म जाति व रंग ने सन्तुलन खोया,

परिणाम सोच बुद्धिजीवी भी रोया।

खूब चली तलवार, धर्म की आड़ में खूब लहू बहाया

महत्त्वकांक्षी जन बने मूकदर्शक भाई ने भाई को मार गिराया

पतन की सीमा न रही, मानवता हुई शर्मसार

वतन की सीमाएं रो रही आज भी जार जार।

भूत से सीख लो इसे भविष्य ना बनाओ

वर्तमान को संभालो मन की दीवार गिराओ

नई पीढ़ी हिसाब लेगी गिन गिन कर
उगल दो सच्चाई अपने आपको और गुनहगार ना बनाओ।

अधूरी शोध

जल जीवन है इसे बचाओ

वृक्ष उपवन है इसे लगाओ

अध्यापक की बात सुन बालक बोला

गुरुजी कुछ और बताओ ठीक से समझाओ

देखो जल एक सा व्यवहार करता है

नहीं गुरुजी माफ करना भेदभाव करता है

अरे ना समझ यह उत्पलावन का सिद्धांत है जो काम करता है

सुई डूब जाती है और बड़ा सारा जहाज तैरता है

गुरुजी फिर से उत्पलावन के सिद्धांत पर खोज जरूरी है

पलायन के प्रचलित सिद्धांत के बिना अधूरी है।

पलायन का सिद्धान्त खुशियों का पूरक है

फर्ज और कर्ज से उन्मुक्त जीवन का सम्पूरक है।

देखो बच्चों, गुरुत्वाकर्षण के नियम से सेब नीचे गिरता है।

नहीं गुरुजी इस नियम में भी त्रुटि है

वृक्ष पर बैठा बन्दर भी सेब गिराता है

इस तरह यह नियम भी अधूरा है

बेर को लीजिए बेर क्यों नीचे गिरता है?

जब हम बेर को तोड़ते हैं तो कांदा चुभ जाता है

हम उंगली से कांदा निकालने लगते हैं

और बेर गिर जाता है, यह गुरुत्वाकर्षण का नियम नहीं

समझ का फेर है, सेब तो सेब है बेर बेर है।

शोध से ऐसा बेर का कांटोंविहीन वृक्ष लगाएंगे

जिसमें फल, फूल और सुगन्ध का आनन्द पाएंगे।

देखो बच्चों ग्रह उपग्रह सौर मण्डल में

अपनी धुरी से एक दूसरे के इर्द गिर्द चक्कर लगाते हैं,

ठकराते नहीं नियम पालते हैं।

नहीं गुरुजी, चन्द्रमा को देखो आए दिन रूप स्वरूप बदलता है

कभी पूर्व में कभी पश्चिम में तो कभी नहीं निकलता है

कभी काला कलूठा कभी निकला हार श्रृंगार में

ऐसा बहुरुपिया देखा नहीं, कभी ग्रहण के विकार में

इर्द गिर्द तो हम भी घूमते हैं अपनों के

जबतक समृद्धि व धन है।

हम भी चन्द्रमा की तरह विलुप्त हो जाते हैं

जब रिश्ते वजन है।

चन्द्रमा में दाग है, सिकुड़ते हुए घूम रहा है।

वो अपनी नजर में बेदाग है बिछुड़ते हुए झूम रहा है।

यह क्रम ऐसे चलता रहा तो प्रकृति कोप दिखाएगी

हम तो नहीं होंगें यह शोध भी अधूरी रह जाएगी।

रिश्तों का वजन

खाकर ठोकर गिरे यदि सम्भले नहीं

तो गिरने की सीमा होती नहीं

बिछुड़े साथी मिले मिलते ही चल दिए

तो मिलने की गरिमा जाती रही

पेड़ की छांव में, ढके पांव में यदि कांटे चुभे

सोच लेना कि रहमत जाती रही

मेहनत की भले ही तुमने मगर

खुदगर्जी दिलों को मिलाती नहीं

तुम दूर हो वो है पास में

यदि बुलाने पर भी आते नहीं

ऐसे संबंधों का भी क्या फायदा

जहां दर्द के फफोले नजर आते नहीं

तुम जाते नहीं वो बुलाते नहीं

क्या जीवन का केवल संयोग है?

तुम जिसे चाहोगे वह दूर जाएगा

यह आज के जगत का नया रोग है।

जो कल तक खड़े थे तेरे साथ में

वो अजनबी की नजर से देखे कहीं

सोच लेना कि रिश्ते वजन बन गए

खो दिया जिन्दगी ने भरोसा कहीं।

अनावश्यक टिप्पणी

अरे मधुकर तुम्हारा सुमन पवन संग नृत्य स्वाभिमान है

लेकिन और पाने की लालसा में कलि कलि का ठठोलना, अच्छी बात

नहीं है।

किस किस की सुनोगे, किस किस को सुनाओगे

अन्त में गमगीन होकर अकेले रह जाओगे।

मैं अपने भोजन के प्रबन्धन और मनोरंजन से

हंसना सिखाता हूं

प्रेम से जीना सिखाता हूं खिलना सिखाता हूं

यह बुरी बात नहीं है।

कोयल तुम्हारी काली पोशाक से

आम या नीम की शाख से

कुहू कुहू की आवाज से ऐतराज नहीं है।

लेकिन बार बार बुलाना और फिर छुप जाना अच्छी बात नहीं है।

मैं मीठी बोली से दो काले रंग का भेद बताती हूं

तभी तो कौए को उड़ाते हो और मुझे सुनना चाहते हो।

यह बुरी बात नहीं है

तुम्हारी यह अनावश्यक टिप्पणी

नकारात्मक सोच दर्शाती है।

यह निठल्ली दुनिया हर बात की पतंग उड़ाती है

अपने पैर नहीं धोती दूसरों को उपदेश सुनाती है
पतंग जब अपने ही पेंच से कट जाती है
तो दुनियां लौटकर बुद्ध की तरह खाली घर को आती है।

37

मित्रता

दीपक लेकर ढूंढ़ रहा हूं इतना बड़ा संसार

कहीं तो मिलेगा-मेरे मन का यार।

मित्रता की रीति नीति है बड़ी पुरानी

अज्ञानवश भूल गए हम स्वार्थी प्राणी

सुख दुख आपद विपद काल में साथ ना छोड़े

मौत मंढगी बुरे काल में मुंह ना मोड़े

राजा का दरबार चाहे श्मशान घाट हो

सच्चा मित्र कभी साथ ना छोड़े

चाहे छूट जाए संसार

कहीं तो मिलेगा मेरे मन का यार।

दुश्मन की छाती पर चढ़कर ताल जो ठोके,

प्राण आहुति दे देवे पर देवे ना धोखे

कड़े काल में साथ खड़ा हो बन्धु की न्याई

एक आत्मा दो काया में जैसे परछाई

अन्त समय तक भेद ना खोले ऐसा प्रेम प्यार

कहीं तो मिलेगा मेरे मन का यार।

सही कहा है मित्र मित्र के दोष ना देखे

मित्रता व्यापार नहीं जिनके लिखते लेखे

मित्र वही जो पाप कर्म से सदा हटाए

अपने हित को छोड़ मित्र हित सदा बढ़ाए

मित्र ना रूठे प्रेम ना टूटे चाहे रूठे संसार

कहीं तो मिलेगा मेरे मन का यार।

मित्रता की परिभाषा अब नई बनी है,

खानपान प्रमोद मौज पर पली बढ़ी है,

सुविधा के अनुसार मित्रता फलफूल रही है,

कृतघ्नता के बीच सुई सी झूल रही है

हर दिन का गणित बोल रहा है

कितना घटा बढ़ा बाजार

नहीं चाहिए मुझको ऐसा मेरे मन का यार।

युग बदल रहा है

पुराने नैतिक मूल्य, रीति रिवाज, मान्यताओं के महल

खण्डहर हो रहे हैं।

स्वच्छन्दता और आधुनिकता की अधूरी सोच और

झूठे घमण्ड से सुधर रहे हैं।

मक्की की रोटी, सरसों का साग और छाछ की जगह

पिज़्ज़ा बर्गर व बन्द डिब्बों का रिवाज जरूरी है

दो वक्त चूल्हा तो जलता नहीं बड़ी मजबूरी है।

वस्त्र अब आभूषण बन गए हैं, आधे अधूरे लटकते तम्बूरे बन गए हैं

अब कुत्ता वस्त्र पहनता है

क्योंकि वह विधि विधान से डरता है क्योंकि युग बदल रहा है।

परिवार में सहिष्णुता नहीं, स्वभाव में उष्णता आ गई है।

संबंधों में सुविधा का गठबन्धन, मन में कई गांठ जिसमें टूटने वाल

बन्धन।

मां बाप की सलाह सूझबूझ बेकार का बोझ,

वही पुरानी दकियानूसी बातें हर रोज।

गाय ने तिनका खाकर दूध देना बंद कर दिया है,

तुरन्त लाभ हेतु गली गली घूमना आरम्भ कर दिया है।

इस बदलते युग में कुत्ता भी भौंकना बंद,

वफादारी छोड़ दूसरे मालिक से बनाएगा संबंध

क्योंकि युग बदल रहा है।

पास पड़ोसी रिश्तेदार सगे संबंधी की जरूरत नहीं है

क्योंकि सुविधानुसार हमारी बाहर आने की सूरत नहीं है।

मैं हूं आधुनिक कैसी चोली कैसा दामन

क्या मैं हूं किसी से कम?

ना नियम ना मर्यादा ना वादा

करूंगी वही जो चाहे मेरा मन।

सास ने भी टी.वी. सीरियल से ज्ञान बढ़ाया है

तभी अपने तर्क से छोटी छोटी बात पर बूढ़े पति को हराया है।

सन्तान स्वच्छन्द, बालिग और स्वतन्त्र हो गई है,

ठीक है, परन्तु अन्धानुकरण की बीमारी की शिकार हो रही है।

क्योंकि युग बदल रहा है।

बदलती सोच में बच्चे बड़ी मजबूरी

साथ रखना संस्कार देना नहीं जरूरी,

घर और दिल में भी जगह कम

होस्टल और वृद्धाश्रम में रखने में हम सक्षम।

आज की नजर में नौकर महंगे मां बाप सस्ते

अन्य संबंधों को हम नहीं समझते।

बुजुर्ग बेकार व लाचार वृद्धाश्रम केवल उपचार।

सुनो, लौटकर तो आवोगे तब तक बहुत देर हो जाएगी

तुम्हारी खुद की हंसी सूरत अंधी भीड़ में खो जाएगी।

पर ये पीढ़ी आने वालों के लिए कुछ भी नहीं बचा पाएगी

अपनी भूलों पर चुपके से आंसू बहाएगी

केवल हमारी यादें रह जाएगी

हां बेटी कभी कभार हमारी तस्वीर पर फूल माला अवश्य चढ़ाएगी

तब तुम्हारी मां मेरी और तुम्हारी ओर देखकर

पल्लू से आंसू पोछती रह जाएगी।

रूंधे गले से अन्तर्मन की बात कह न पाएगी,

क्योंकि युग बदल रहा है वह भी तुमसे छुपाएगी।

दीए जलते नहीं

स्वयं के दुख सन्ताप की आग बरस रही है

ईर्ष्या और स्वार्थ से आंख मिलने को तरस रही है।

गगन चुम्बी इमारतों में दीये नहीं जलते

दूरदराज बैठे अपनों की याद में दिल जलते हैं

ना कोई आने वाला ना आग बुझाने वाला

ना आज समझने वाला ना समझाने वाला

दुनियां बड़ी अजीब है भीड़ का मेला

कहने को इतना बड़ा समाज मैं फिर भी अकेला।

एक ओर इतनी बड़ी जागीर का ना कोई मालिक

ना खाने वाला,

दूसरे छोर पर रात दिन मेहनत के बाद भी

ना तन पर वस्त्र ना दो वक्त का निवाला

हां दीवाली पर कोई अजनबी दे जाता है

थोड़ी सी मिठाई और खिलौना।

मत ठोको छत पर पतंग उड़ाते बच्चे को

गिर जाएगा भाई,

अंकल अपनी फिक्र करो

सो जाओ ओढ़ रजाई

मैं नहीं दूंगा दिखवाई

क्या कुछ बात समझ में आई?

स्वच्छंदता ने एक नई संस्कृति को जन्म दिया है

शालनीता सरलता को छोड़ व्यवहार नियम को भंग किया है।

सड़क पर मरते तड़फते आदमी को देख

दिल नहीं पसीजता है

स्वयं की सुविधा में कुछ क्षण की

विघ्न बाधा से मन खीजता है

आसपास की समृद्धि देख

अन्तस में आग के गोले बरसते हैं

दीवाली पर दीये नहीं जलते

रह रहकर दिल जलते हैं।

समय से कदमताल

मैं बुद्धिमान हूं समय की चाल पहचानता हूं

मैं गतिमान हूं प्रतिकूल बयार को बदलना जानता हूं

संगोष्ठी व बड़े बड़े सम्मेलन बुलाए

मैंने समाज को उन्नति के उपाय सुझाए

निज घर में क्या चल रहा कभी देख न पाया

एक दिन ढूढा स्वप्न धरा पर औंधा पाया।

उत्तराधिकारी शुभ घड़ी के इन्तजार में बैठा रहा,

परिश्रम और ईमानदारी का बीज रखा रहा।

उपजाऊ जमीन बिना संवारे बंजर हो गई

कीकर व कंटीली झाड़ियों से भर गई।

समय से कदमताल नहीं की तो पिछड़ गया

जो पाया था वह भी हाथ से फिसल गया

अब लगता है जो आज हुआ वह कल भी होगा

परिस्थितियां नहीं बदली तो स्वाभाविक रूप से होगा।

व्यवहारिकता के बिना सच्चाई देखती रह जाएगी

झूठ धुंए की भांति सच का नकाब पहन आगे बढ़ती जाएगी

वन्य जन्तुओं से कम भय है खेत खलिहानों को,

उनका उपाय समय रहते जान लिया है,

बचाना होगा समाज को उन पालतू पशुओं से

जिन्होंने हमारी कमजोरियों को पहचान लिया है।

खैर छोड़ो अभी यह क्या जरूरी है?

एक दिन पछताओगे और कहोगे बड़ी मजबूरी है।

उठो जागो अब क्या देरी है,

समय से कदमताल जरूरी है।

मेरा तुम्हारा आकलन

मेरा आकलन मेरे शरीर व वस्त्र से करते हो,

मेरे दर्द का निराकरण मेरे धर्म जाति रंग से करते हो।

यही भूल समाज से जाने अनजाने में होती आई है

अक्सर निर्णय में मन व अहंकार की अधिकता समाई है।

मेरे दर्द के गीत बाह्य मीत नहीं हैं जो बदल जाएंगे

समय पर जख्म तो भर जाएंगे परन्तु याद बहुत आएंगे।

अभी गहन रात्रि है सवेरा भी होगा

आशा है, आज तुम्हारा है कल मेरा भी होगा।

मैं तुच्छ हूं मानता हूं समान दृष्टि की भावना मुझ में नहीं है,

परन्तु धन, भोग व स्वार्थ की कमी तुझ में नहीं है।

मैं करुणा और मैत्री भाव से रिक्त,

तुम ज्ञानी होने पर भी इन्द्रिय सुख में लिप्त।

मैं हार नहीं मानता तुम मेरी जीत नहीं मानते

ना मैं तुम्हें ठीक से जानता हूं ना तुम मुझे पहचानते।

ऐसा कब तक चलेगा बदलना होगा दृष्टिकोण,

प्रकृति के नियम सर्वोपरि है हम तुम हैं गौण।

भेदभाव ईर्ष्या द्वेष रंगभेद मिटाने होंगे

आत्मा, ज्ञान व बुद्धि अनुरूप मैत्री भाव जगाने होंगें।

तभी सवेरे की किरण गुनगुनाएगी,
प्रेम समता व मैत्री के दिन लाएगी
करुणा होगी घृणा ना होगी,
यह देख आत्मा प्रफुल्लित हो जाएंगी।

पेड़ की छांव में

तुमने अदम्य साहस से हिमालय की चोटी पर पताका लहराई

मैं तो पास की पहाड़ी दर्शन पर गया हूं भाई

देखना होगा, भूखनन माफिया के किए नुकसान से

कितनी करनी होगी भरपाई।

तुम अपने शुगल शौक से महासागर की गहराई माप रहे हो

मैं जोहड़ को देख पानी की मात्रा और जीव जन्तु की संख्या जांच रहा हूं

सोच रहा हूं, बच्चे नहाने आएं कागज की किश्ती चलाएं

निराश लौट ना जाएं।

तुमने लिए होंगे साक्षात्कार बड़े बड़े नेता अभिनेता के

और मन ही मन फूल रहे हो

मैं स्कूल मास्टर जी को आठ ढांगों वाली एक कुर्सी पर बैठे देख

नंगे पांव फर्श पर नन्हें कर्णधारों का यत्न देख रहा हूं।

मिड-डे-मील के इन्तजार में गऊ माता भी आई है

साथ में सहयोगी कर्मचारी की विमाता बर्तन लाई है।

साक्षात्कार में मास्टर जी ने बताया वन महोत्सव मनायेंगे,

हर गली मौहल्ले में फलदार पेड़ लगाएंगें।

तुम हो, वर्तमान में मस्त मैं भविष्य की चिंता से ग्रस्त

तुम्हारा शुगल शौक मनोरंजन मेरा परमार्थ प्रयोजन।

हर गली का अपना एक पेड़ होगा

जिसकी छांव में बचपन खिलखिलाएगा
साथ आया बुजुर्ग शरारती बच्चों को धमकाएगा,
फिर चटाई बिछाएगा सुस्ताएगा
और मित्र मण्डली के साथ ताश की बाजी लगाएगा।
बच्चे पत्थर से तोड़ फल बटोरेंगें
बुजुर्ग भी हाथ बढाएंगें
कुछ खवाएंगें बचे कुचे घर ले जाएंगें।
दूर बैठी माताएं बहू की चुगली चांदा सुनाएंगीं
कमियां गिनाती हुई साथ में पूरी कचौड़ी खवाएंगीं
लम्बे अन्तराल के बाद कुछ अधिकारी आएंगें
अभिनन्दन के लिए मास्टर जी को बुलवाएंगें
मास्टर जी तो नहीं मिल पाएंगे पर अनन्त से
फलफूल से लदे पेड़ को देख मुस्कुराएंगें।
हम भी कुछ सन्तुष्ट से पेड़ की छांव में बैठ
धीमी आवाज में प्रेम के गीत गाएंगें
और सरकारी जलपान का आनन्द उठाएंगें।

उदास प्रकृति

मैं उदास हूं मेरा सुख चैन छिन गया है

मेरा पुत्र स्वयं आहूत आपदा से घर गया है।

हे मानव, मैं तुम्हें महामानव देखना चाहती थी,

परन्तु तुम गिर गए वादों से मुकर गए।

मैंने शुद्ध पवन निर्मल जल सुन्दर पर्वत पेड़ पौधे

वन उपवन जीव जन्तुओं का संगम सब कुछ दिया।

क्या बहती नदियां, कलकल करते झरने हर भरे खेत

महासागर की लहरों के बदले तुमसे कुछ लिया?

मैं हैरान हूं तुमने आज मेरी धरोहर का क्या बना दिया,

मैं परेशान हूं कि मेरी उदारता का क्या सिला दिया।

परन्तु आधुनिकता के दम्भ में शेखी बघार रहे हो

कि सब कुछ किया उन्नति के लिए किया।

शुद्ध पवन के बिना तड़पते प्राणी भयंकर रोग क्या उन्नति है तुम्हारी?

दूषित जल प्रदूषित हवा धूल भरा आकाश

कह रहे हैं उपलब्धि तुम्हारी।

मैंने कभी कभार भूकम्प अनावृष्टि अतिवृष्टि से

तुम्हारे गाल पर थप्पड़ लगाया

परन्तु तुमने मुझे पागल समझ कर दो दिन

गाल सहलाया फिर अट्टाहास लगाया।

इसे मेरी आपदा मान एक दूसरे को खूब ठगा ठगाया।

पुनः दुस्साहस और अहंकार का परिचय दे

भूल ना मानकर मुझसे संघर्ष का बिगुल बजाया।

तुम कितने नासमझ व अनाड़ी हो,

जो माँ को आंख दिखाते हो,

जिस थाली में खाया उसी में छेदकर

उल्टा धौंस जमाते हो।

तुम मेरे आत्मज मानव से महामानव बनो

भूल मानकर निज घर चलो आज्ञाकारी बनो।

पुत्र से माँ का ऋण कभी चुकता नहीं

माँ का पुत्र से मोह कभी छूटता नहीं।

भरसक प्रयत्न कर सुख सुविधा पर विराम लगाएंगे

पर्यावरण बचाएंगे प्रकृति का मूल स्वरूप लौटाएंगे

मां का हम दूर रह कर भी हैं आसपास

हां वत्स, उदास थी अब हैं साथ साथ।

एक था लक्कड़हारा

दादू टीवी देख बोर हो गई कहानी सुनाओ

मैंने कहा, मम्मा से लेकर मोबाइल मन बहलाओ।

मोबाइल पर कार्टून फिल्म देख ज्ञान बढ़ाओ।

उसने कहा, मोबाइल घण्टों देख लिया कहानी सुनाओ।

मैंने कहा, नहीं मानते तो सुनो, एक था राजा एक थी रानी।

नहीं दादू यह कहानी तो पुरानी हो गई।

अच्छा बेटा नई कहानी सुनो

एक दिन एक लक्कड़हारा जंगल में आया,

बिना लकड़ी के बैंडे के लोहे का फल यानि अधूरी कुल्हाड़ी लाया

सीधे सुन्दर लम्बे पेड़ देख लक्कड़हारे का मन ललचाया।

बहुत खूब इन्हें काट मिलेगी ढेर सारी माया।

यह सुन सब पेड़ों की काया कम्पाई

कैसे बचे जान कुछ सोचो भाई।

इतने में एक बूढ़ा पेड़ बोला

चिन्ता की कोई बात नहीं है

कुछ नहीं बिगड़ता जब तक हम इसके साथ नहीं हैं

अपना अनुभव बता बूढ़ा पेड़ सो गया।

सीधे और टेढ़े पेड़ों में मतभेद हो गया।

सब ठीक होगा यह सोच सीधे पेड़ घर चले गए।

ढेढ़े तो ढेढ़े थे विश्लेषण में उलझ गए।

ढेढ़े मेढ़े पेड़ों का नया मुखिया बोला,

हमें अपने आपको बचाना है, सीधे पेड़ों से क्या लेना देना।

हम हैं लक्कड़हारे के साथ, हमारी अलग जात,

अब नहीं रहेंगे साथ-साथ, हो जाए दो दो हाथ।

ये सुन्दरता सरलता ऊंचाई पर बड़े घमण्ड करते हैं,

हम ढेढ़े मेढ़े बदसूरत इनके पैरों कुचले जाते हैं।

बड़े बूढ़े पेड़ ऐसे ही एकता का पाठ पढ़ाते हैं।

आज नैतिक मूल्य हैं केवल कागजी कारवाही

कैसे भी खुद बचे यही है ज्ञान चतुराई।

बस फिर क्या था लक्कड़हारा अगले दिन आया

ढेढ़े मेढ़े पेड़ों ने साथ दे कुल्हाड़ी को पूरा बनाया।

लक्कड़हारे के स्वागत में घरबार सजाया,

फूट का बीज पड़ गया भाई आधा अधूरा रह गया।

आपसी फूट ने शत्रु का साहस बढ़ाया

लक्कड़हारे ने कुल्हाड़ी से खूब घमासान मचाया,

ढेढ़े मेढ़े पेड़ जब तक कुछ समझ पाते

शत्रु ने अपना दांव चलाया,

कोई नहीं छोड़ा सीधा या ढेढ़ा

सारा जंगल काठ बिछाया।

नहीं दिखाई देती थी एक भी पेड़ की काया या छाया,

यह देख अन्य जीव जन्तुओं ने रूदन मचाया।

हाय भाई भाई की आपसी फूट ने क्या दिन दिखाया।

ऐसा ही होता है जब दिलों में फर्क आता है,

गुलामी की जंजीरे होती हैं घर नरक बन जाता है।

इतिहास गवाह है हम आपसी फूट से तबाह हो गए,

जख्म आज भी ताजा है भले ही आजादी में जवां हो गए।

मैंने सोचा मेरी सच्ची कहानी नन्हीं बिटिया को समझ नहीं आई

कभी झपकी लेती, कभी जमहाई तो कभी नींद में पाई।

कहा दादू यह कहानी सच्ची तो है पर अच्छी नहीं है,

वैसे मैं इसे पूरी समझी नहीं पर बच्ची नहीं हूं,

यह सुन मुझे शकून मिला कि बच्ची भी समझ से जवान हो गई है

ऊंच नीच भेदभाव व आपसी फूट के परिणाम को जान गई है।

गुणी बनाम बाहुबली

ताजा खबर जंगल के राजा की घोषणा आज

यह देखने सम्मेलन में पहुंचा जंगल का समाज।

पूर्व प्रचलन अनुसार यह पदवी शेर जी के परिवार को मिलती रही है

केवल राजा की घोषणा औपचारिकता है कहीं भी

आम आदमी की गिनती नहीं है।

परन्तु लोकतन्त्र को बचाना है

चुनाव प्रक्रिया को अपनाना है।

कानाफूसी हुई, शेर राजा था राजा है राजा रहेगा,

किसकी हिम्मत है जो इस बाहुबली के विरुद्ध नामांकन भरेगा।

ज्योंहि चुनाव लड़ने के लिए सभी को अवसर देने के लिए उद्घोषणा

हुई

नन्हीं सी चींटी आत्मविश्वास से खड़ी हुई

अपना नामांकन पत्र प्रस्तुत किया,

सभी हैरान, यह चींटी ने किसके बहकावे में किया।

बाघ गुर्राया जानती नहीं अपने कदकाठी जात और औकात को

चींटी बोली तुम्हारी धक्काशाही बढ़ावा देती है जातपात को।

चीता बोला शेर जी सुन्दर हैं निर्भीक हैं

शरीर से हष्ट पुष्ट व बहादुरी के प्रतीक हैं।

चींटी बोली सौन्दर्य या कदकाठी का चुनाव

नियम में कोई प्रावधान नहीं है,

मैं परिश्रम में विश्वास करती हूं

दूरदर्शी हूं आपदकाल के लिए करती हूं संचय सम्भार

शेर आलस्य में सोया रहता है,

भोजन के लिए शेरनी का करता है इंतजार।

मैं शेर की तरह हिंसा में विश्वास नहीं रखती।

भार उठाने में शेर दुगना तो मैं तीस गुना

भ्रम हो तो अभी बुलाओ हो जाए फैसला।

मैं अनुशासन में रह कर चलती हूं पंक्ति में

शेर कोई नियम नहीं पालता रहता है मनमर्जी से।

मैं जल्दी में भी अपनों का ध्यान रखती हूं,

मुंह से मुंह मिलाकर अभिवादन करती हूं।

शेर कभी देखा है प्यार करते

सिवाय गुस्से में लाल आंखे करते।

इसलिए भाइयो और बहनो मुझे राजा चुनिए

शेर जी को भूलिए।

सभी चींटी की बात से सहमत थे,

किन्तु डर के मारे सब के मुंह बन्द थे।

लोकतन्त्र के चौथे स्तम्भ के कर्णधार पत्रकार बोले

चींटी की बात में दम है

आयोजक बोले, आज समय कम है।

गुणी बनाम महाबली पर खुली बहस होनी चाहिए,

अग्रिम बैठक में इस पर विचार करेंगे

परन्तु काम चलाने के लिए शेर जी तब तक राजा बने रहेंगे।

यह सुन चींटी ने कहा मुझे लोकतन्त्र में विश्वास है

खुशी है जंगलराज समाप्त है।

अपनी पहचान छुपा एक जन्तु कह रहा था,

चींटी को गुणों के आधार पर वोट देंगें

बाहुबली को मत पत्रों से चोट देंगें।

शेर और चींटी में गरमा गरम बहस जारी है

देखते है अब लोकतन्त्र में किसकी बारी है।

अचानक खबर आई चींटी का नामांकन पत्र रद्द किया जाता है

क्योंकि ना तो वह जन्तु है ना वन की मतदाता है।

हम कमजोर नहीं हैं

मेमना बोला मां तुमने हमें शान्ति का पाठ पढ़ाया,

परन्तु मां शावक ने हमारा खूब मजाक उड़ाया।

बोला, जीना है तो शेर की तरह जीओ,

भेड़ की तरह सौ वर्ष भी जीना कोई जीना है।

भेड़ बोली बेटा तुम खाओ पीओ और सो जाओ,

वह तो क्या उनका खानदान ही बड़ा जोशीला है।

यह बात उस बादशाह ने कही थी

जिसने अंग्रेजों के विरुद्ध लड़ाइयां लड़ी थीं।

उसने तलवार के बल पर शत्रु को जीता,

हमने प्यार के बल पर दिलों को जीता।

हम वह बहादुर बादशाह तो नहीं परन्तु हम कमजोर नहीं हैं।

मैदान में ताकत दिखाना था उस समय जरूरी

बदलते युग में लड़ना अब एक मजबूरी।

हिंसक जीव मूल्यांकन में ये हमसे बहुत पीछे हैं।

हम अपना सर्वस्व देकर प्यार बांटते हैं

ये तलवार के बल पर संसार बांटते हैं।

हम शेर की तरह हिंसा में विश्वास नहीं रखते

पारस्परिक प्रेम से एक दूसरे का अनुकरण करते हैं

हम है प्रेम पुजारी हम में मतभेद नहीं है

इनको बड़ी से बड़ी हिंसा पर भी खेद नहीं है।

बड़े बड़े जलजले तूफान आते हैं

घास को जमीन से पृथक नहीं कर पाते हैं

हम कुछ घण्टों में बड़े मैदान को धूल चढ़ाते हैं

साथ में अपनी सुरीली आवाज से मिलकर गाते हैं।

क्या किसी को नुकसान पहुंचाते हैं

ये अकारण ही बादल के सम गरजते हैं

तभी तो नफरत के कारण मिलने को तरसते हैं।

हमारा जीवन कितना सरल जिसकी खवाई घास उसके हो लिए

प्रशंसा के गीत गाकर मालिक ने पूरे पूरे मूंड लिए।

फिर भी कृतघ्न ना बनकर उनके पीछे पीछे हो लिए।

ये अपने वर्चस्व की चिन्ता में फिरते हैं मारे मारे

हम औरों के बने सहारे भूलकर भी किसी को ना मारें।

इक दिन ऐसा होगा जंगल कट जाएगा सारा,

शावक भी मेमना बन जीएगा जीवन हमारा

तब निकल जाएगी सारी हेकड़ी

इनकी मां भी पुकारेगी खड़ी खड़ी

आओ मिलकर नई दुनिया बसाएंगें

झील पर अबल व सबल साथ मुस्कुराएंगें।

विवशता

विदेश भ्रमण पर जा रहे हो भाई शीघ्र लौट आना,

मां जी का स्वास्थ्य ठीक नहीं है भूल मत जाना।

अचानक जो डर था हो गया,

मां जी को हृदयघात हो गया।

जैसे तैसे मां जी को अस्पताल पहुंचाया,

अकेले देख अपने आप पर रोना आया

हां मोबाईल ने साथ निभाया।

मां जी सख्त बीमार हैं भैया जल्दी आ जाओ,

उत्तर आया शीघ्र आने का विचार है तब तक

किसी संबंधी को बुलाओ,

क्या कहूं पास पड़ोसी संबंधी दर्शन करके चले गए

अधरों पर सहानुभूति रख साहस की बूटी देकर चले गए।

तीन दिन बाद मां जी को जीने की अनुभूति हुई,

वसीयत अलमारी में है यह कह दुखी हुई।

पुत्री मेरी अन्तिम इच्छा पूरी करना,

पुराने रीति रिवाज से मत डरना।

नहीं मां जी तुम्हें कुछ नहीं होगा हम जल्दी घर चलेंगे,

नहीं पुत्री मुझे दूर जाना है फिर मिलेंगे।

इतना कह हंस पिंजरा तोड़ उड़ गया,

पुत्री के कंधों पर अनतुला बोझ धर गया।

पुनः निर्जीव मित्र ने साथ निभाया,

पूरा दुखद संदेश विदेश पहुंचाया।

बहन अकुलाई ना जाने किस संकट में है भाई

रात्रि बीत गई अभी तक कोई खबर ना आई।

प्रातः आठ बजे थे गमगीन पड़ोसी साथ खड़े थे,

शास्त्र विधान अनुसार पुत्र ही अन्तिम संस्कार करता है,

प्रेत योनि से मुक्ति हेतु पिण्ड दान करता है।

लोगों में चर्चा हो रही थी बहन भाई की बाट जोह रही थी।

दोपहर होने को चली भीड़ घटने लगी,

पुत्री की घबराहट धीरे धीरे बढ़ने लगीं।

साहस बटोर पुत्री ने अलमारी खोली

वसीयत निकाली एक सांस में पढ़ डाली।

फिर बाहर आई और धीरे से प्रार्थना दोहराई,

मां जी का अन्तिम संस्कार मैं करूंगी

रीति रिवाज की उल्लंघना करूंगी।

स्वच्छन्दता की सीमा ना रही कुछ होंठ फुसफुसाए

बड़ों की बात कोई मानता नहीं करो जो मन में आए।

मां जी का क्रिया कर्म पुत्री ने किया,

नियमानुसार गोदान भी किया।

भाई की अनुपस्थिति किसी विवशता में डूब गई,

बहन के साहस से संबंधों की कड़ी टूट गई।

एक मासोपरान्त भाई स्वदेश आया,

मां जी के चित्र समक्ष खूब रोना मचाया।

यह देख बहन का दिल भर आया,

छोटी बहन ने बड़े भाई का ढाढ़स बंधाया।

बहन ने वसीयत के विषय में बताना चाहा

भाई ने कानूनी कार्यवाही का डर दिखाया।

मां की संपत्ति में मेरा हक है नहीं छोड़ूंगा,

संबंध भले ही टूट जाए कदम पीछे नहीं मोड़ूंगा।

बहन ने समझाया विवाद मत कर भाई,

मां की संपत्ति किसी ने नहीं खाई।

परन्तु भाई लाल पीला और पीछे भौजाई,

लालच ने संबंधों में आग लगाई।

इतने में बहन ने वसीयत पढ़कर सुनाई

बराबर के हकदार होंगे बहन और भाई।

भाई की अनुपस्थिति में बहन होगी उत्तरदायी,

भाई शर्मिन्दा था बहन भाई की सोच पर लजाई,

क्या बहन कभी भाई से अलग हो पाई।

तुम अभी सक्षम नहीं

तुम बहुत शक्तिमान हो परन्तु कमजोरी से अनजान हो।

माना तुमने नए नए चांद सितारे खोज निकाले

ग्रह उपग्रह अपने विज्ञान से नाप डाले

इतने बम बारूद कि सौ बार धरती का विनाश कर सकते हो,

अंग प्रत्यंग बदल सकते हो दिल बदल सकते हो

परन्तु क्या मरणोपरान्त एक सांस भी दे सकते हो?

जल थल गगन का रंग बदल सकते हो,

क्या उनका नैसर्गिक स्वभाव बदल सकते हो?

परस्पर जीवों में लहू का आदान प्रदान कर सकते हो,

परन्तु क्या लहू का रंग बदल सकते हो?

समुद्र की गहराई माप सकते हो,

क्या कभी इसकी लहरें गिन सकते हो?

बादल बना सकते हो वर्षा भी करा सकते हो,

तो क्या समुद्र का जल मीठा और वर्षा का जल खारा बना सकते हो

शेर को नचा सकते हो तो क्या उसे घास खिला सकते हो?

इतने उद्योग चलाए क्या खून का कारखाना लगा सकते हो?

तुम तो पानी में रह सकते हो तो क्या मीन को धरा पर बसा सकते हो

प्रकृति की हर चीज में छेड़छाड़ कर सकते हो,

क्या गधे के सिर पर सींग उगा सकते हो?

पंछी को खुले गगन में कहीं भी बिठा सकते हो,

क्या टिटिहरी को वृक्ष पर बैठा सकते हो?

नींबू पर सन्तरा सन्तरे पर माल्टा लगा सकते हो,

तो क्या पीपल पर सुमन खिला सकते हो,

नहीं तो तुम अभी सक्षम नहीं हो,

अहंकार छोड़ो प्रकृति से मेल जोड़ो।

आटा दाल

आटे दाल का प्रबन्ध सरकार ने कर दिया,

पेंशन का पैसा भी खाते में भर दिया।

कहां से कितने का आता है हमें क्या लेना देना है,

एक बार वोट इनको फिर उनको देना है।

जिसके साथ शुभ लाभ उसके लिए जिन्दाबाद।

नीति तो ठीक है परन्तु कुछ नीयत खराब।

आदमी आदमी में अन्तर नहीं होना चाहिए,

सबके साथ समान व्यवहार होना चाहिए।

हमें एक बात का है गम

फौजियों को सस्ते दाम पर रम

हमें बनानी पड़ती है स्वयं

जानते हो कितना लगता है श्रम।

कानून की दृष्टि में सब समान,

बूढ़ा बच्चा चाहे हो जवान।

सरकारी बाबू को सुन्दर जूते और कार,

मास्टर जी टूटी चप्पल और साइकिल पर सवार।

होटल में वेटर को सौ रूपए देना शान

पार्किंग में एक रूपया वापिस नहीं तो कर्मी बेइमान।

दिन में काम नहीं आराम चाहता हूं,

कैसे भी मिल जाए दाम और रंगीन शाम चाहता हूं

घर खर्च मां चौका बर्तन कर चला लेती थी,

नशे में धुत्त बेटे को भी कुछ खिला देती थी।

दुर्भाग्य ने दुख का पहाड़ डाल दिया,

मेरे कोमल कंधों पर गृहस्थी का भार डाल दिया।

क्या सरकार की जिम्मेदारी नहीं हमारा ख्याल रखना,

बड़ा कठिन है दो वक्त की रोटी थोड़ी दारू और स्वयं का ध्यान

रखना।

अब नेता जी के झांसे में नहीं आएंगें,

जो अच्छा भाव देगा उसके नारे लगाएंगें।

माल तो खाएंगें पर आगे गलती नहीं करेंगें

हां भरते जाएंगे पर वोट सोच समझकर करेंगें।

चौकीदार चोर नहीं है

चोर लॉकर अलमारी सब तोड़ गए

आभूषण चोरी हो गए मालिक जल्दी आओ।

पुलिस रपट दर्ज कराओ, चौकीदार को बुलाओ।

बीमा पॉलिसी की राशि भी तभी ही मिलेगी

जब सारी प्रक्रिया पूरी होगी।

प्रातः नौ बजे थे मालिक आया,

विदेश में पढ़ने वाला भतीजा भी आया।

उसने कहा मैंने सैर करते हुए यहाँ एक आदमी देखा था,

कम्बल ओढ़े था, एक हाथ में टार्च एक हाथ में थैला था।

कद काठी का छोटा था पर मुझे देख ठिठका था।

मालिक के माथे पर पसीना था,

कर्मचारी का सांस भी कुछ फूला था।

भतीजे के कथन पर ध्यान देना जरूरी है

बीमा राशि के लिए भी कारवाही जरूरी है।

कर्मचारी व भतीजे के बयान पर करें इत्मीनान

तो संकेत करते थे कि चौकीदार चोर या बेईमान

क्या वह ऐसा कर सकता है दिल मानता नहीं,

भूखा आदमी कोई नियम जानता नहीं,

चौकीदार को मैं शाम स्टेशन पर छोड़कर आया,

फिर कैसे भतीजे ने उसे मौके पर प्रातः पाया?

उसने ढोनों हाथों में सामान बताया

जिसने मेरे लिए जवानी में एक हाथ गंवाया

वह फिर ढो हाथों वाला कैसे बन पाया?

रह रह कर उसकी ईमानदारी याद आ रही थी,

अपनों के षडयन्त्र की बू आ रही थी।

पुलिस रपठ की जरूरत नहीं थी

चोर कौन है सूरत बता रही थी।

चौकीदार चोर नहीं पक्का वफादार है

क्या करें अपने ही गुनाहगार हैं।

कोमल मन

मां आज खाने में क्या मिलेगा?

मां ने कहा जो मालकिन के यहां दो दिन पहले बना था।

वो आज खाएं हम दो दिन बाद ऐसा क्यों?

मां ने कहा वो इनका घर है यह बात तेरी समझ से परे है।

बच्चे ने खिलौने वाली कार चलाई,

मालकिन ने जोर से चपत लगाई

बड़ा शैतान है तुम्हारा लड़का बाई

खराब कर दी तो पैसे काट लूंगी, समझ आई।

मां की आंखें नम हो गई कुछ कह ना पाई।

बाई बस इसे लेकर मत आया करो

कुछ धमकाया करो।

यह मेरे टॉमी को कुत्ता कहता है

उसकी आंखों में आंखें डाल घूरता है।

टॉमी मेरा दूसरा बेटा है इसे समझाओ,

बड़ों से कैसे व्यवहार करते हैं इसे बताओ।

यह सुन बच्चे ने घूरा और मां पर गुस्सा किया,

धड़ाम से टॉयलेट का दरवाजा बंद किया,

मां कुछ सहमी और बोली क्या हुआ भाई?

अन्दर से आवाज आई कारवाला खिलौना दो तो बाहर आऊं,

वर्ना तब तक कार अपनी यहीं बनाऊं।

मालकिन डर गई, सोचा यह कोमल मन नहीं कुछ और है।

ले लो ले लो खिलौनें कई और हैं

बाई कल से मत आना यह बदलता दौर है।

अनमोल जोड़ी

विवाह माता-पिता के आशीर्वाद से

सगे संबंधियों के साथ से

समाज के विश्वास से

दो अनजान दिलों को जोड़ता है।

बदल दिया समय ने इस अवधारणा को,

छोड़ दिया शहर ने पुरानी गठबंधन की भावना को,

अब मेरे अनुरूप मेरे रूप को सराहे ज्यादा कमाए

जाति बंधन तोड़ परिवार की गाथा छोड़

जो साथ निभाए, वो गठबंधन दौड़ता है।

जाति बंधन, मां बाप भाई का बंधन, गौत्र बंधन

समाज बंधन, सभी बंधन का करे अभिनंदन,

ना उम्र का बंधन ना सुने वर वधु का करुण क्रन्दन,

यह आज भी मानी जाती है अनमोल जोड़ी

कमी तो रहती है थोड़ी थोड़ी।

तिल तिल मरते हैं जीना दूभर करते हैं फिर भी निभाना होगा।

हमने तो कभी शिकायत नहीं की यह जहर तो पीना होगा।

जिस घर में डोली में जा रही हो बदनाम ना करना,

मरो या जीओ वहीं से अन्तिम यात्रा शान से करना।

बेटी तो धन है पराया राजा भी नहीं रख पाया,

यह सीख और दहेज देकर बेटी को विदा कराया।

अफसोस समाज में अक्सर देखने को आया,

ऐसी बेटियों को दहेज की बली चढ़ाया।

कानून की लंबी प्रक्रिया से न्याय बहुत देर में आया

कुछ मामलों मे कानून भी कुछ खास कर नहीं पाया।

आज समाज ने अपना वीभत्स चेहरा भी दिखाया,

विजातीय मनमर्जी से बंधे प्रेमी युगलों को पेड़ों पर लटकाया,

बुद्धिजीवी देखते रहे समाज कुछ कर नहीं पाया।

सुबह से शाम काम करती है

रोटी का इन्तजाम करती है।

सारे परिवार को संभाल

शराबी पति का ख्याल करती है,

दुख दर्द में पड़ोस का ध्यान

नहीं कोई चाहत या मांग।

दुखी करने में किसी ने कोई कसर ना छोड़ी

फिर भी रीत प्रीत ना तोड़ी

ऐसी होती है अनमोल जोड़ी।

बदल डालो गांव वालों यह पुराने ढर्रे,

शहरों में देखो नए जोड़ों के गुलछर्रे,

जिन्दगी दौड़ रही है शान से

आडम्बरों को तोड़ रही है इत्मीनान से

असहनीय भार को छोड़ रही है अनमेल जोड़ी।

जिन्दगी जीना सिखा रही है अनमोल जोड़ी।

अमर गाथा

हर जवान मेरे देश की शान है,

इनकी अमरगाथा महान है।

इतिहास गवाह है हम पीछे से वार नहीं करते,

पहले वार कभी नहीं करते

मातृभूमि की रक्षा में मरने से कभी नहीं डरते।

देश की रक्षा में अपना सर्वस्व कुर्बान है

हर जवान मेरे देश की शान है।

सीने पर गोली खाते हैं हंसते हंसते,

गीदड़ शत्रु की भांति पीठ नहीं दिखवाते फिरते,

ढीठ दुश्मन की हरकत, जानता सारा जहान है,

हर जवान मेरे देश की शान है।

कितनी बार है धूल चटाई

फिर भी लज्जा तुझे ना आई

अबकी बार यदि छेड़ा तुमने

नहीं ढोगे नक्शे पर दिखवाई

समर्पण के दिन भूल गए क्या मुंह पर कालिख के निशान है

हर जवान मेरे देश की शान है।

हम मानवता के पुजारी हैं,

यह जानती दुनिया सारी है,

हमने परिश्रम के बल पर अपना देश चमकाया है,

लेकर आड़ गरीबी की तुमने भीख कठोरा भराया है,

दुनियां की नजरों में यह हमारी तुम्हारी पहचान है।

हर जवान मेरे देश की शान हैं।

आत्म निर्भर मां

मैं मां हूं मुझे सबकी चिन्ता रहती है,

सबकी सुनती हूं पर कुछ नहीं कहती हूं,

बेटा अभी तक नहीं आया दस बज गए,

वो बोले आ जाएगा क्या बच्चा है?

आजकल कुछ पता नहीं कब क्या हो जाए,

यह सोच मेरा दिल बैठ रहा है।

क्या बहू से कुछ खटपट हो गई?

नहीं तो वह तो स्यापे में गई है,

ठीक है औरतों के लिए जगह जगह स्यापे हैं

घर में बुजुर्ग अपने खर्राटे से डराते हैं।

बेटा देर रात आया, कुछ खाया और सो गया,

मां के कमरे में नहीं आया, भोजन नहीं सराहा।

सुबह के सात बज गए मां ने सबको जगाया,

मन ही मन बेटे बहू ने बुरा मनाया

बाबू जी को गुस्सा आया और मां को भला बुरा सुनाया।

चाय अब तक नहीं बनाई क्या मुहूर्त पूछने गई थी भाई,

मां तो मां है पर बाबू जी की पसन्द कहां है,

जोर जबरदस्ती फूफा ने जोड़ी मिलाई

ताऊ ने तो खूब दारू चढ़ाई

फिर भी हुई गोद भराई ना टूटी सगाई।

ये बातें मां ने मुझे एक दिन बड़े चाव से बताई।

खाना बचा देख मां झुंझलाई किसने रोटी कम खाई?

मैंने कहा यह अच्छी नहीं रोजमर्रा की लड़ाई।

मां फिर चुप थी कुछ उदास हो गई थी,

बूढ़े पति की जेब खलास हो गई थी,

यह सोच बात पर मिट्टी डाल दी

हड़बड़ाहट में चाय में चीनी की जगह हल्दी डाल दी।

बाबूजी ने चाय का मजा लिया चुपके चुपके

बिना बताए कप उड़ेल दिया छुपके छुपके।

चाय की प्रशंसा में दो शब्द का भी तोड़ा

हमने यूं ही अच्छा भला चण्डीगढ़ छोड़ा।

गुस्से के सिवाय इन्होंने मुझे दिया क्या है ये जानते हैं,

फिर बुदबुदाई कुछ भी हो जबान कड़वी है दिल से तो मानते हैं।

यह सोच मां को कुछ चैन मिला

फटाफट सवेरे का नाश्ता दिन के लिए रोल मिला,

बहू भी तैयार हो गुमशुम सी ऑफिस चली गई,

मां की दिनचर्या शुरू हो गई।

ढेर सारे काम है इस सोच मैं खो गई।

दुनिया भर के बिल मेरा बजट बिगाड़ देते हैं

बाबूजी पैसे तो देते हैं, फिर वापिस मांग लेते हैं,

लौटाते तो हैं पर ब्याज डाल देते हैं।

मैं थोड़े पैसे से भी आत्मनिर्भर हूं

पराई जेब पर नहीं अपने दम पर हूं।

मैं किट्टी पार्टी और स्पा में नहीं लुटाती हूं

धो पैसे बुरे वक्त के लिए बचाती हूं

सबका मुसीबत में काम चलाती हूं।

चारधाम की यात्रा सैर सपाटा,

इन सबपर युवा पीढ़ी का अधिकार

इनकी कोई जिम्मेदारी नहीं चाहे संबंधी हो या परिवार।

परन्तु प्रकृति ने कुछ सन्तुलन बनाया है,

कुछ नई पौध ने भी विश्वास जगाया है,

उसे देख हिम्मत बढ़ रही है, आंखें चमक रही है,

इनकी नन्हीं कलियों के साथ अच्छी पठ रही है।

बुजुर्ग अपनी जिम्मेवारी से बच नहीं सकते

लोकलाज और मोह ममता से दूर हट नहीं सकते,

युवा पीढ़ी कुछ गहन चिन्तन करे तो जीवन हो सुखमय,

वर्ना हर घर में तो बुजुर्ग रहते हैं अनकहे दुख में।

पश्चाताप

दारोगा जी नया पड़ोसी करता है तंग
गली का रास्ता कर देता है बंद।
पार्किंग पर होता है रोजाना झगड़ा
हमसे हर तरह से है वह तगड़ा।
आज जान से मारने की धमकी दे गया,
मेरी गाड़ी की चाबी भी ले गया।
मुझे बचाइए न्याय दिलाइए।
मैंने कहा, तुम उसका नाम पता बताओ
उसका पूरा विवरण लाओ।
प्रार्थी चला गया सन्तुष्ट होकर
जनसभा मैं भी पहुंचा सूचना पाकर।
प्रार्थी पीछे से आया मैं मिल ना पाया।
मुंशी ने बताया दारोगा जी देर से आएंगें।
रात में ठीक कारवाही भी नहीं कर पाएंगें।
आप कल आना दोषी का ईलाज करेंगें,
आपकी सुरक्षा का इन्तजाम करेंगें।
प्रार्थी न्याय की उम्मीद में फिर चला गया,
हमारा भी एक जन शिकायत मामला कम हो गया।
अगले दिन सूचना आई,

एक लावारिश लाश सड़क पर पाई

इलाके में हड़कंप मच गया,

भय का माहौल बन गया।

अधिकारीगण को सूचना दी गई

पुलिस रिपोर्ट दर्ज की गई।

स्पेशल टीम गठन का आदेश आया,

मैंने हां में सिर हिलाया।

तुरन्त प्रार्थी द्वारा दिए विवरण पर विचार किया,

अपराधी को आनन-फानन में गिरफ्तार किया।

मैं प्रसन्न था अपनी तुरन्त सफलता पर,

अपना अच्छा प्रभाव डाल सकूं जनता पर,

इसी बीच केस दे दिया गया दूसरे निरीक्षक को,

थर्ड डिग्री का प्रयोग हुआ ना बताया अधीक्षक को।

वो पीटते रहे ताकि दोषी जुर्म इकबाल कर ले

हाल में बैठे आम नजारा देखा, मैंने कुछ काम करते।

अचानक अपराधी की तबीयत बिगड़ गई

अस्पताल ले जाने लगे तो गाड़ी निकट नहीं।

रास्ते में अपराधी दम तोड़ गया,

पीछे कई सवाल छोड़ गया।

कानूनी प्रक्रिया लंबी चली

समाचार पत्रों में खबर छपी,

पुलिस कस्टडी में मौत पर टिप्पणी

मामला संगीन है अभी विचाराधीन है।

मुझे पश्चाताप है आज भी इस बात पर,

यदि समय पर प्रार्थी मृतक की शिकायत सुनीं जाती,

तो निश्चित तौर पर एक जान नहीं दो बच जाती।

लोग हमें पत्थर दिल इंसान कहते हैं,

तो हम चेहरे पर रौब और अन्दर से रोते हैं।

बड़ी अजीब स्थिति है हमारी, जो नहीं जानती दुनिया बाहरी

हम कह भी नहीं सकते रो भी नहीं सकते,

सिर्फ चुपके चुपके सिसकते हैं क्योंकि हम भी इंसान हैं

कुछ दागियों के कारण खाकी भी कभी कभी परेशान है।

आओ लौट चलें

आओ लौट चलें दूर अपने गांव में

बरगद की छांव में बड़बोले खाएंगे,

बन्दरों को देख देख जौहड़ में थकान मिटाएंगें।

साथ में भैंसों का नहाना देख पाएंगें

और बचपन के मित्र प्यारे भी मिल जाएंगें।

गर्मी के मौसम में गांव वाले ब्याह रचाते हैं

यथासम्भव सबको बुलाते हैं।

एक बुलाया जाएगा तो एक साथ आएगा,

हर व्यक्ति पुरानी रिवाज निभाएगा।

लड़के के ब्याह में चार लड्डू दो जलेबी

पेठभर पेठे की सब्जी और पूरी खिलाएंगें

कुल्हड़ में पानी पिलाएंगें।

छोटी उम्र का दादा (पण्डित जी)

टूटे फूटे संस्कृत के श्लोक गाएगा

फिर बारह पण्डितों के बाद बिरादरी का भोजन प्रारम्भ हो पाएगा।

जब तक सण की खाट पर,

बच्चे ढांठ पर बैठकर इन्तजार करेंगें।

आढम के जमाने का लाउड स्पीकर

औरतों के गीत आपका स्वागत करेंगें।

बचपन के मीत आंखें मींच

खिचड़ी दाढ़ी के साथ भरकर बांथ

भाव चाव से मिलेंगें,

गिले शिकवे एक सांस में कहेंगें

आपका जवाब भी नहीं सुनेंगें।

फिर होगा शुरू सिलसिला पुरानी यादों का,

तख्ती कलम दवात और पुरानी किताबों का,

सूरजभान मास्टर जी का गीतों का शोक

पढ़ाई लिखाई बिना रोक ठोक

बच्चों का प्याज और बासी रोटी का आहार,

कुछ बच्चों के पास चुपड़ी रोटी और अचार

क्या मौज थी जीने में, बदबू भरे पसीने में,

याद करके लोटपोट हो जाओगे,

ये घड़ियां भूल नहीं पाओगे।

भाई बन्धुओं का रूठना मनाना

फिर मिल बैठकर हुक्के पर गम भुलाना,

दूध दही का खाना

होली का हुड़दंग तीज पर पतंग

दीवाली पर खील बताशा खिलौने

मिठाई भरे दौने याद आएंगें।

दुखद घटना पर सबका गहरा मातम

दुश्मन के प्रति मर्यादा और खुलापन

ढेखते मन को मजबूर कर जाएंगे
सोचने को कि गांव शहर पर भारी है
आओ लौट चलें अपने गांव फिर से नया गांव बसाएंगें
मिल बैठ खूब मजे से खाएंगें अन्तिम समय बिताएंगें।

शरणार्थी

स्वयंसेवी संस्थाओं के आभारी

जिन्होंने समझी हमारी लाचारी।

नए देश में नीलयुक्त श्वेत वस्त्र हमारी पहचान

छोटी छोटी जरूरी वस्तुओं के लिए भी परेशान।

हम शरणार्थी कैम्पों में खाली हाथ,

आधे अधूरे परिवार के साथ

दिल्ली की सड़कों पर आबोदाना ढूंढ़ते थे।

खेत खलिहान मकान दुकान गौरी गाय को भूलते थे।

रोटी के लिए लम्बी पंक्ति

हिम्मत बढ़ाने वालों की संगति

ऊंच नीच से परे हमारी दुर्दशा पर रहम करती थी।

क्या देखा क्या हुआ ना हुआ कहानियां बन गई

घटनाएं जिन्दगी जीने का नया तरीका सिखा गई

कुछ बचा नहीं था तो कुछ शब्दों का अर्थ नहीं था,

परन्तु ढाठ बिछाकर परिश्रम करना व्यर्थ नहीं था।

मुल्तानी मिट्टी, सेंधानमक मसाले की चाट

इनसे प्रारम्भ हुई छोटी सी हाट।

ना कर्म में शर्म ना लाज

किस्मत न दिया साथ

फिर गांवों में बने बजाज

मेहनत से देख रहे हो आज

हमारा समाज किसी से कम नहीं है

किसी भी संगीन अपराध में हम नहीं हैं।

भूख में भीख का सहारा नहीं लिया,

आपसी सहयोग लिया थोड़े में गुजारा किया।

ना आरक्षण का राग

ना ब्याह शादी में दहेज की आग

ना गौत्र जाति के शिकार

ना प्रेमी युगलों पर तलवार

व्यवस्था में सिद्धांत और ऊंचाई

हर समाज से समन्वय व भलाई हमारी पहचान है।

फिर कुछ अक्ल से पैदल लोग

कहते हैं शरणार्थी बेईमान है।

उनके शब्दों को हम स्वीकार नहीं करते हैं

अनवरत परिश्रम करते हैं आगे बढ़ते हैं,

क्योंकि यह देश है हमारा

जो जान से भी प्यारा

जहाँ निर्धन धनी सबका गुजारा

यह देख मिलता है सकून ढेर सारा।

एक थी सभ्यता

सामंजस्य समन्वय का अभाव दुर्गति,

चारों अंगों का परस्पर विरोध विफलता

को जन्म दे विशाल महल को गिरा गया।

मस्तिष्क भ्रमित हुआ रक्षक भक्षक हुआ।

व्यवहारी व्यापारी हुआ सेवा धर्म हीन हुआ।

दोषारोपण चलते चलते चार वर्ण चार सौ में बंट गया।

पृथकता का भाव ऊंच नीच स्वार्थ और अहंकार

बाजी मार गया सभ्यता संस्कार का ह्रास

मौलिकता से परे दूसरी सभ्यता का अंधानुकरण करके

कल्पनाशील संसार में उतार गया।

जितने कर्म उतनी जाति उपजाति का जन्म

ना पारस्परिक सोच चिन्तन या मनन

स्वयं निर्मित सिद्धांतों का पुनर्जन्म

समाज को हिला गया।

स्वार्थ और अहंकार मन का विकार

सिन्धु से गंगा के मैदान में छा गया

हमारी एकाकी सोच और विभक्त मनों पर

आक्रमणकारी हमारा नियन्ता हो गया।

विलुप्त हो गई ज्ञान विज्ञान शास्त्र सम्मत मति

सबल की कुचेष्टा साहस से भयभीत था जड़मति

सत्कर्म व्यवहार सेवा दान ज्ञान हिंसा समक्ष

नत मस्तक हो गया, भरत खण्ड का भंजन हो गया।

तलवार के बल पर सूफियों की लय पर धर्म बदल

समाज का एक वर्ग सुरक्षित अन्य जलते अंगार में

दग्ध बिल्कुल विलुप्त हो गया, जो बचा वह किसी का हो गया।

देशकाल कर्म व्यवस्था ने नया जीवन दिया,

भाषा, जीवन शैली, व्यवहार विचार परिधान

पर गौरा रंग चढ़ा, सभ्यता सदाचार

संस्कार बदले बदलते गए।

अन्धानुकरण ने चरम स्वछन्दता को जन्म दिया,

एक प्राचीन सभ्यता को उधारी सभ्यता ने विलुप्त कर दिया और मैं

अकर्मण्य भाव से निरुत्तर हो गया।

सम्बोधन

थक कर हार गए क्यों भाई मंजिल दूर नहीं है,

हार जीत होती आई है इतना मजबूर नहीं है।

ऊंचे कठिन पर्वतों में भी होती है पगडंडी,

अनायास विघ्न बाधा में चाल कभी तेज कभी मंदी।

तू परजीवी नहीं श्रमजीवी है रुकना मंजूर नहीं है,

थक कर हार गई क्यों भाई मंजिल दूर नहीं है।

भय न खा विपरीत हवाओं से, जंगल भी उद्यान बनते हैं युवाओं से,

जरा आंख खोल कर देख ले भाई कांटे भरपूर नहीं है।

थक कर हार गई क्यों भाई मंजिल दूर नहीं है,

मेहनत में वह ताकत है मिट्टी सोना बन जाती।

तिनका तिनका, बने जब रज्जू हाथी बांध दिखवाती,

अंतर्मन की आवाज़ ढालना अच्छा दस्तूर नहीं है।

थक कर बैठ गए क्यों भाई मंजिल दूर नहीं है,

नन्हीं पिपिलका अनवरत चलने का संदेश देती है।

गिरना संभलना मिलना बिछुड़ना एक नियति है,

गिर कर खड़े हुए हो भाई अब दिन दूर नहीं है।

हार जीत होती आई है इतना मजबूर नहीं है

थक कर हार गए क्यों भाई मंजिल दूर नहीं है।

नन्हीं परी

धरती पर माँ की गोद में स्वर्ग है

यह सुन नन्हीं परी स्वर्ग छोड़ धरा पर आई

दूर सुन्दर से स्थान पर एक माँ की कोख सजाई

समाचार सुन पिता के मुख पर मायूसी छाई

धीरे से बुदबुदाए यह मुसीबत कहां से आई।

मझली बुआ ने आव देखा न ताव

मुझे झटपट उठाया और भारी सन्ताप सुनाया।

इसने सब आशा पर पानी फेर दिया

मेरा भोला सा भाई भारी चिन्ता में घेर दिया।

क्या पहले ही लड़कियां थी कम,

चार भतीजी और तीन हम

दहेज ना मिलने का होगा नुकसान

दहेज देने का करना होगा इन्तजाम।

मैं इस उधेड़ बुन में आंसू बहा रही थी

और मां ठकठकी लगाए मुझे निहार रही थी।

इतने में चाची आई और ठन्डी सी ली सांस

बोली रंग तो है थोड़ा साफ पर नैन नक्श नहीं खास

हमारे संजू के तो नहीं आसपास।

यह सुन माँ थोड़ा मुस्कुराई

अब तक किसी ने नहीं दी बधाई।

इतने में ताई जी आगे आई।

अन्दर से खुश बाहर उदासी और बोली

ऐ मेरी माँ की जाई यह डिक्री कहां से लाई

यह सुन माँ अर्ध चेतनता में सो गई

मैं मन ही मन सोच अपने को कोस दुस्वपनों में खो गई।

घर में मातम का माहौल था

पुरूषों में आपस में मखौल था।

कौन करेगा खेतों की रखवाली,

ऊपर वाले ने बड़े मुसीबत डाली

तेरे मरने के बाद कौन देगा पितरों को पानी

समस्या की जड़ है तेरी घरवाली।

मैं त्यागी वैरागी की तरह शान्त सुन रही थी,

मन ही मन जल्दी लिए निर्णय पर सिर धुन रही थी।

इतनी देर में माँ ने करवट बदली और हाथ उठाया,

मेरे सिर पर हाथफेर गले से लगाया।

मेरी आंखे आंसू से भर आई, नन्हें हाथ से माँ को मानो सहलाया।

मां फिर धीरे से बुदबुदाई, मेरी नन्ही परी स्वर्ग से आई।

यह मर्दों का बनाया समाज तेरा दुश्मन है

पर मैं हूं तेरी सहाई।

आज ही नहीं कल भी तुम्हारा होगा,

धरती से आसमान में बुलन्द सितारा होगा

लिंग भेद की भूल को स्वीकार कर

पुरुष समाज ढहाड़े मारकर चिल्लाएगा,

हमें माफ कर दो प्रकृति मां हमें घोर पाप से कौन बचाएगा।

यह सुन ज्योंहि मैंने मां की आंखों में देखा

एक नया नूर था अन्दाज में फर्क था

मैं माँ की गोद में सोई हुई थी यह मेरे लिए स्वर्ग था।

सूखी फुलवाड़ी

फूल अच्छे खिले थे सूख क्यों गए?

रिश्ते अच्छे भले थे टूट क्यों गए?

माली गफलत में हो गया, रंगीन स्वपनों में खो गया,

पौधा जल के मारे, रिश्ता बिना संवारे टूट गया।

कुछ परिस्थिति बदली कुछ हम बदल गए,

दिल जोड़ते तोड़ते भ्रम में आगे निकल गए।

पहली नजर में किसी ने भी अपना दोष नहीं बताया,

जब तस्वीर सामने थी तो सभी को रोना आया।

रिश्ते तो थे ही नहीं जो टूट गए

अपने थे ही नहीं जो छूट गए

फूलों के वेश में कांटे थे जो सूख गए।

नकली फुलवाड़ी बिकती थी हम चूक गए,

मौका मिला जीने का ढंग नहीं था

सपनों में चूर थे सच का संग नहीं था

वक्त की आंधी में दीपक बुझ गया

धुंए के संग अपनों से विश्वास उठ गया।

सूखी फुलवाड़ी से फूल और कांटे अलग करने होंगें

समय रहते खाली रिश्तों में नए पौधे भरने होंगें

प्यार से गम कुछ कम हो जाएगा

जिन्दगी जीने का सलीका आ जाएगा

नई जिन्दगी जीने को मन की दीवार गिराएंगें

बिछुड़े दिल को दिल से मिलाएंगें।

तुम नादान हो

यहां प्यार है कोई वैर नहीं,

अपने हैं कोई गैर नहीं।

मतभेद को मनभेद नहीं समझना चाहिए,

शान्ति से सुनना और सुनाना चाहिए।

दुष्ट के संग सज्जन भी हैवान बन गए हैं,

कलम पकड़ने वाले कोमल हाथ भी शैतान बन गए हैं।

बन्दूक कोई तुम्हारा सहारा नहीं है।

हृदय परिवर्तन बिना गुजारा नहीं है।

जानते हो, कौए के क्षणभर कुसंग से हंस मारा गया,

परोपकार करते हुए भी हंसनी का सहारा गया।

बन्दूक की आग उगलती गोली कोई समाधान नहीं,

तुम तो नादान हो मैं तो परिणाम से अनजान नहीं।

बस बहुत हो गया खून की होली का खेल,

गिरा दो दीवारें होने दो भाई भाई का मेल,

अभी समय है अभी बहुत कुछ है पास,

व्यथित भाई को भाई से मिलने की आस।

रंगीन हसीन वादियां बिल्कुल सुनसान हो गई हैं,

कहवा सेवैइयां खीर मिठाइयां एकदूसरे से अनजान हो गई हैं।

मैं पास खड़ा हूं फिर भी दिखता हूं दूर

यह तुम्हारे मन की सोच है या नजर का कसूर।

लम्हें जो बीत गए हाथ नहीं आएंगें

जाने वाले फिर लौट नहीं पाएंगें

चमन के आधे फूल फिर नहीं खिल पाएंगें

भूल करने वाले फिर बहुत पछताएंगें।

समझो दुश्मन के इरादे नेक नहीं हैं,

फिर भी सुनसान गलियां तुम्हें देख रही हैं।

लौट आओ अपने घर प्यार से एक दीया जलाएंगें,

सारे गम भूल फिर से एक नया उपवन सजाएंगें।

जिसमें नफरत को कोई जगह नहीं होगी,

मात्र प्यार मोहब्बत की नन्हीं दुनियां बसेगी।

बंटवारा

सदा हमने सुख बांटे दुख बढाए

परन्तु अपने ही देश में हुए पराए।

यह त्रासदी नहीं भूल पाए,

भाई ने भाई से गले कटाए।

बहन बेटियां हो गई पराई

यह देख मानवता भी शरमाई।

लूटने वालों के हजूम देखे

चमकते भाले व त्रिशूल देखे।

कठमरे मिठ मरे पल भर में

लाशों के अम्बार घर घर में।

शान्ति की अपील दम तोड़ गई

नफरत की आग जख्म छोड़ गई।

मुझे याद है पड़ोसी अच्छे थे,

उनके भी हमारे जैसे बच्चे थे,

मुनादी हुई, फौजी दस्ता हिन्दुस्तान जाने वालों को लेने आएगा

सुरक्षित दिल्ली पहुंचाएगा।

मियां जी बोले अच्छा है बंटवारा कर लो,

नहीं तो बहुत कुछ यहीं छूट जाएगा।

वो मददगार थे बंटवारा कर दिया,

बुजुर्ग मां बाप बहन व बीबी को अभी यहीं छोड़ो,

चिन्ता की बात नहीं है हम तो यहीं हैं।

कुछ रुपए चकला बेलन परात ले लो साथ,

भूख लगने पर खाना बना सकोगे रात बिरात।

यहां रख दो आभूषण जेवरात

अनहोनी हो सकती है तुम्हारे साथ।

बाबा जी की देखरेख में यहां रहेगी बन्दूक व सन्दूक

पूजा अर्चना के लिए ले जाओ तुम अगरबत्ती और धूप।

रहमत होगी ऊपरवाले की खूब।

भाई तुम्हारी जान की सुरक्षा जरूरी है,

बाकि जान माल दुकान यहां छोड़ना मजबूरी है।

दंगे फसाद शांत हो जाएंगे, ये लोग हमारे घर यहां रह जाएंगे।

तुम लौटकर जल्दी आना, इन्हें वापिस हिन्दुस्तान ले जाना।

लाला जी तुम्हारा कुछ कर्ज है, उसे चुकाना हमारा फर्ज है।

जैसे तैसे दिल्ली पहुंच गया, हालात से दिल से बैठ गया।

हालात इतने बिगड़े मैं जल्दी जाना सका,

वो आ ना सके।

मैं दिल्ली की सड़कों पर सोता,

स्वयं सेवी संस्थाओं के सम्मुख रोता।

छोटा मोटा काम करते समय बहुत बीत गया,

लंबे अन्तराल में सब कुछ बदल गया।

मेहनत ईमानदारी कुछ रंग लाई

जिन्दगी की गाड़ी फिर पटरी पर आई।

शरणार्थी ने दो पैसे कमाए

सरकारी बाबू को कुछ भेंट चढ़ाए

विस्थापित सूचना केन्द्र से पता कराया

दिए पते पर मेरे परिवार का कोई बन्दा वहां नहीं पाया।

बुजुर्ग स्वर्ग सिधार गए थे,

बाकि धर्म कबूल कर सुखी या दुखी जिन्दगी गुजार रहे थे।

मैंने उनकी याद में घर नहीं बसाया,

यादों ने जख्म पर जख्म हर दिन बनाया,

घटना को बहुत भुलाया पर भूल ना पाया,

बदनसीबी ने क्या गुल खिलाया,

फिर अपने किसी से मिलने का मन नहीं बनाया।

वो पाकिस्तान में सलामत रहें और जीयें हजारों साल

मैं खुश हूं यहाँ इसी हाल में, मेरा हिन्दुस्तान महान।

पूर्ण मल सैनी

जन्म 30.03.1955 हरियाणा के जिला गुड़गांव (अब रेवाड़ी) के ग
थारूहेड़ा में हुआ। मेधावी छात्र होने का लाभ शिक्षकों का सिर
वरद हाथ रहा। कला स्नातक बी.बी.आर (अब राजकीय) काले
सिधरावली गुड़गांव से, विधि स्नातक दयानंद कॉलेज अजमेर से त
पत्रकारिता में स्नातकोत्तर डिप्लोमा राजस्थान विश्वविधालय जयपुर
प्राप्त किआ। सन 1978 में रेवाड़ी उपमंडल में वकालत प्रारंभ व
30.04.1982 से हरियाणा विधानसभा चंडीगढ़ में कानूनी सहायक
पद से सरकारी सेवा प्रारंभ की। कुछ वर्ष हरियाणा राज्य विधि आयो
में कार्य किया। विधि आयोग के विघटन के बाद पुन: हरिया
विधानसभा सचिवालय में विभिन्न पदों पर कार्य किया। राजनैति
प्रभावित परिवेश में भी नियम, धर्म और संयम को महत्व दिय
31.03.2013 से उप सचिव के पद से सेवानिवृत्त होने के पश्चात भा
के उच्चतम न्यायालय में जरूरतमंदों की सहायता के उद्देश्य से पु
वकालत आरंभ की। जीवन में उतार-चढ़ाव देखे उससे कुछ सीख
समझने को मिला। बचपन से भक्ति काल के महापुरुषों की रचना
का आनंद लिया। 18.04.2019 को ध्यान में अकस्मात कुछ श
मुंह से निकले और बदलते वातावरण में मानवीय मूल्यों संवेदना अ
कटु अनुभव पर आधारित प्रेरित रचनाएं बनती चली गई। यह मे

नुभूति माला' पाठकों के लिए प्रस्तुत है जिसकी प्रत्येक रचना एक
ंदेश प्रेषित करती है। आशा है पहला प्रयास पाठकों के मनोरंजन के
ाथ कुछ कहने के अपने उद्देश्य में सफल होगा।